CAi

Derrière le pseudonyme Camille Andrea se cache un(e) écrivain(e) français(e) bien connu(e) du grand public mais dont l'identité est ignorée de tous, de ses lecteurs à ses éditeurs. En 2021, l'auteur(e) publie *Le Sourire contagieux des croissants au beurre*, suivi en 2022 par *Le plus beau lundi de ma vie... tomba un mardi !*, tous deux parus chez Plon.

LE PLUS BEAU LUNDI
DE MA VIE...
TOMBA UN MARDI !

CAMILLE ANDREA

LE PLUS BEAU LUNDI DE MA VIE...
DE MA VIE...
TOMBA UN MARDI !

PLON

© Éditions Plon, un département de Place des Éditeurs, 2022
ISBN : 978-2-266-33459-4
Dépôt légal : mai 2023

À Francine,
parce que ce roman était pour toi...

Suite au fait que lundi tombe un mardi ce mercredi, notre réunion du jeudi se tiendra vendredi ce samedi, car dimanche est un jour férié.

Red SKELTON

J'ai appris très tard que mon nom de famille était le nom d'un village du cœur de l'Italie dans lequel s'étaient réfugiés un grand nombre de juifs. Persécutés, beaucoup d'entre eux durent se convertir au catholicisme pour ne pas être tués. On baptisa ces premiers avec le nom de l'endroit où ils habitaient. Voilà comment mes ancêtres s'appelèrent Andrea. Cette histoire familiale est, sans nul doute, à l'origine de ce roman.

Et bien que je ne me sente ni juif(ve) ni d'aucune autre religion, d'aucun peuple, bien que je ne me sente tout simplement qu'humain(e), d'une seule planète, la Terre, bien que ma culture soit multiple et s'inscrive dans tous ces mélanges qui m'ont engendré(e), je souhaitais dans le présent roman rendre un hommage à ce petit bout d'histoire qui est le mien, à cette petite goutte de sang qui court dans mes veines comme dans celles de millions de juifs dans le monde.

Je souhaitais également aborder des questions plus philosophiques. Peut-on changer ? Peut-on punir un vieil homme pour quelque chose qu'il a fait dans sa jeunesse ? Cela a-t-il une quelconque utilité ? Je ne juge pas, je m'interroge. Ce roman ne pourra y répondre, car je n'y ai moi-même pas trouvé de réponse. Peu importe, après tout. Le principal est de s'être posé la question, d'avoir vibré avec Noah, d'avoir tremblé en apprenant le terrible secret de Jacob.

Vous ne savez toujours pas qui se cache derrière le pseudonyme de Camille Andrea, et vous continuez cependant à lire mes histoires. Ce sont elles qui, derrière le masque, importent vraiment et sont les plus sincères.

Un nom ne sert à rien pour écrire un livre.

Seule une bonne histoire compte.

Je vous aime tant. Vous êtes ma raison de continuer à me lever le matin pour lier les mots sur le clavier d'un ordinateur, ma raison de rêver, de créer.

Pour tout cela, merci.

Camille Andrea

LUNDI

Je n'ai jamais bien compris pourquoi les gens n'aiment pas les lundis. Je n'ai jamais aimé les jugements gratuits non plus, faits à l'emporte-pièce. Les préjugés. On dit qu'il y a des jours qui valent moins que les autres, puis on dit qu'il y a des sous-hommes, des sous-races. On vilipende le lundi, et puis on finit par vilipender les gens. Qu'ont de moins les lundis, je vous le demande ? Molière disait, dans la bouche de son Dom Juan, que les débuts ont des charmes inexprimables. Or, le lundi est le début de la semaine. C'est le moment où tout est encore possible, où tout reste à faire. La jeunesse de la semaine, dirais-je si j'étais poète. Et la jeunesse, Dieu ce qu'on la regrette quand on arrive à l'hiver de notre vie, vous verrez ça, et bien plus tôt que vous ne le pensez. Lorsqu'il n'y a plus rien à regarder devant, qu'il ne nous reste plus qu'à regarder au-dessus de notre épaule, tous ces souvenirs, ces regrets laissés derrière. Quand on est au lundi de notre vie, tout est à venir. Au lundi de notre vie, tiens, voilà que je continue à faire de la poésie.

Quoi qu'il en soit. Les plus belles choses de ma vie se sont produites un lundi. Enfin, je crois, si la mémoire ne me fait pas défaut. Elle a tendance à s'effriter un peu, dernièrement. Il serait peut-être temps que je vous raconte cette histoire, avant que je ne l'oublie.

L'histoire d'un lundi merveilleux. D'un lundi inoubliable.

L'histoire de ce plus beau lundi de ma vie qui, c'est un comble, tomba un mardi.

PREMIÈRE PARTIE

NOAH D'AMICO

UNE PORTE

Août 1992

— Merci, dit Noah lorsque la gigantesque porte s'ouvrit devant lui, en employant le même mot qu'il avait prononcé lorsque la gigantesque porte de chacune des cinq maisons de l'allée auxquelles il avait frappé auparavant s'était ouverte.

Telle était la stratégie qu'il avait mise au point après avoir passé la journée précédente à se prendre des portes en bois, en métal, blindées, en verre, en grillage de cage à poules, de toutes sortes, en pleine figure à peine son « Bonjour » prononcé. C'était une évidence, de par son âge, on le prenait pour un élève d'une école du coin et on s'attendait à ce qu'il sorte de derrière son dos un calendrier deux fois plus grand que lui ou un paquet de coupons de tombola multicolores, pour pouvoir payer à sa classe un voyage de fin d'année en Californie ou en Floride, et aller voir les dauphins, animaux que l'on apercevait rarement dans le coin, en plein cœur du Tennessee.

Enfin, cela, c'était dans le meilleur des cas. Car le petit garçon était noir, et dans ce quartier résidentiel, les gens n'avaient pas l'habitude de voir des petits garçons noirs sonner à leur porte. Et dans ce quartier, les gens n'étaient pas curieux de savoir si ce petit garçon noir sortirait de derrière son dos un calendrier deux fois plus grand que lui, des coupons de tombola ou un pistolet automatique pour les braquer. Dans ce quartier, on ne semblait guère aimer les tombolas, ni les calendriers, et encore moins les pistolets automatiques. Ou tout simplement les enfants qui se payaient des voyages de fin d'année en Californie ou en Floride avec l'argent d'une tombola à laquelle on ne gagnerait (si jamais l'on gagnait) qu'une brosse à dents électrique, un porte-clefs ou deux verres gratuits de cet infect punch que la directrice de l'école aurait sûrement concocté pour l'occasion, dans la bassine où elle avait l'habitude de prendre des bains de pieds ou de tremper ses varices.

Une étude des plus sérieuses a démontré que l'on se fait une idée des gens en quatre secondes et cinquante centièmes. Celle que l'on se faisait de ce petit garçon, malgré son costume et sa cravate, malgré ses cheveux bien peignés en boule et ses airs de bonne famille, ne devait pas être des meilleures, car c'était à peu près le temps que les gens mettaient à lui claquer la porte au nez. Quatre secondes et cinquante centièmes. Noah avait compté dans sa tête. Même si les centièmes de seconde, ce n'était pas très pratique à compter dans une tête de petit garçon. Quatre secondes et cinquante centièmes, c'était juste le temps de faire un beau sourire, juste le temps que les muscles zygomatiques majeurs et mineurs s'activent, et puis les gens refermaient amicalement cette maudite porte en accompagnant le geste de formules diverses, polies, mais toujours humiliantes. « Désolé, mon garçon, mais je n'ai pas de monnaie », « Cela ne m'intéresse pas », « J'ai déjà donné ». On le refoulait comme un vulgaire marchand de tapis. Si seulement on lui avait laissé une petite chance de s'exprimer, il aurait pu expliquer qu'il ne voulait pas d'argent, qu'il ne voulait rien vendre. Il aurait pu expliquer que ce n'était pas lui qui avait besoin d'eux. Mais eux qui avaient besoin de lui. Car il allait bientôt devenir leur président. Le président des États-Unis.

président des Américains pour pouvoir rester au
pouvoir dix ans.

LA MÊME PORTE

Voilà comment, à la place de « Bonjour », il en était arrivé à dire « Merci ».

En prononçant ce mot, sans autre préambule, le petit garçon avait remarqué qu'il suscitait la curiosité immédiate des adultes. Intrigué, désarçonné, on lui demandait : « Merci pour quoi ? » Et il était déjà trop tard. Le poisson avait mordu à l'hameçon. « Alors voilà, je vous dis merci parce que… » La conversation était engagée et l'enfant, lançant discrètement son petit pied en avant pour bloquer la porte, déballait le discours qu'il avait appris par cœur et répété cent fois devant le miroir de sa penderie, avec un débit de trois mots à la seconde, à la manière d'un commerçant, d'un marchand de voitures d'occasion. Il fallait convaincre rapidement. En réalité, il ne demandait qu'une simple signature. Juste un nom suivi d'un petit gribouillis qui feraient de lui le prochain président des États-Unis. C'était tout ce qu'il demandait, devenir le prochain président des Américains pour pouvoir ramener la paix dans le monde. En somme, trois fois rien pour un gamin de dix ans.

UN VIEUX

— Mais tu n'es qu'un enfant !

Le vieux le regardait, immobile et gigantesque, dans le cadre en bois de sa porte. Tel un caméléon, sa peau, jaunie, en avait pris la couleur. Un vieillard en bois.

— J'ai dix ans ! se défendit l'enfant, comme il aurait répondu « J'en ai quarante ».

— Vois-tu, mon garçon, je ne suis pas expert en la matière, et je ne voudrais pas te décourager, mais ne faut-il pas être majeur pour devenir président ?

— C'est ce que dit mon père.

— Eh bien, tu devrais l'écouter de temps en temps, répondit l'homme en grattant une croûte de son crâne chauve, ce qui fit perler une minuscule goutte de sang. Les adultes ont quelquefois raison, tu sais.

Il semblait ne pas encore avoir réalisé qu'il parlait politique avec un garçon de dix ans sur le perron de sa maison. Il l'observa un instant. Il n'y avait pas d'enfants noirs dans le quartier. Il n'y avait pas d'enfants, d'ailleurs. Ni noirs, ni blancs, ni verts, ni rouges. Et à moins qu'une nouvelle famille ne se soit installée pendant la nuit, cet enfant n'était pas d'ici, ce qui ne déclencha pourtant aucune once d'inquiétude chez le vieux. Cela se voyait, cet enfant, avec son costume et ses souliers vernis, ne représentait aucune menace pour un vieillard, aussi fébrile fût-il.

— Cela fait bien longtemps que j'ai arrêté d'écouter les grandes personnes, reprit Noah. Et puis, pour ce qui est de mon père, nos opinions divergent sur bien des matières.

Pendant quelques secondes, le vieux se demanda pourquoi cet enfant n'avait tout simplement pas frappé à sa porte pour récupérer son ballon qui serait tombé par-dessus la clôture de son jardin. Comme le faisaient tous les enfants du monde. Il lui aurait dit qu'il n'avait vu tomber aucune balle de son côté de la palissade, le garçon serait reparti, et lui aurait pu retourner s'asseoir devant sa télé éteinte à compter les minutes qui passent. Mais l'enfant n'avait pas l'air de jouer à la balle, avec son costume gris et sa cravate rouge, avec ses cheveux peignés en boule et ses allures de premier de la classe. De plus, il y avait bien longtemps que les enfants ne jouaient plus à la balle dans cette rue. Que des vieux, donc. Des vieux qui consacraient le plus clair de leur temps à regarder la télé, assis dans leur fauteuil. Des vieux qui attendaient la mort. Un vrai mouroir, voilà ce qu'était devenue cette rue depuis que les enfants n'y jouaient plus à la balle ; voilà ce que devenaient toutes les rues lorsque les enfants n'y jouaient plus à la balle.

Et puis le vieux se demanda si c'était déjà Halloween, avant de se rappeler que la fête des Morts tombait vers la fin de l'année. Il ne savait plus la date exacte. Mais en jetant un coup d'œil par-dessus l'enfant, il reconnut la rue cramoisie et le goudron chaud caractéristiques de l'été. Halloween n'arriverait que dans quelques mois. Cela tombait bien, car depuis que les enfants ne jouaient plus à la balle dans la rue, il n'achetait plus de bonbons.

Il fallait se rendre à l'évidence. Ce garçon ne voulait pas récupérer sa balle. Ce garçon ne réclamait pas de bonbons. Ce garçon était bizarre.

Le vieux loucha sur le gros badge que l'enfant avait épinglé, comme les vendeurs de bibles, au col de sa veste. Au milieu : son visage noir sur fond blanc. Au-dessus : JE VOTE. Au-dessous : NOAH. JE VOTE NOAH D'AMICO, en majuscules et typographie Garamond, taille 16, de couleur magenta, rose pour le commun des mortels. Le vieux avait été imprimeur et il reconnaissait toutes les polices d'écriture d'un seul coup d'œil. JE VOTE NOAH D'AMICO. Quelle était donc cette fantaisie ? Le vieux fronça les sourcils, et son regard devint plus austère. Il n'avait jamais aimé la fantaisie. Il en avait toujours eu peur. On ne contrôlait pas la fantaisie. C'était une grosse bête qui débordait de toute part, qui s'échappait des conventions, comme un poulpe d'une bassine. C'était dangereux, la fantaisie. C'était en général le début des problèmes.

— Noah D'Amico, dit l'enfant en tendant sa main.

— Jacob Stern, répondit le vieux en la serrant vigoureusement.

— Il faut avoir plus de trente-cinq ans pour se présenter, reprit le garçon, étranger aux soupçons de son interlocuteur. Mais je ne compte pas gâcher les vingt-cinq prochaines années de ma vie à attendre d'avoir le bon âge. La maturité intellectuelle est un concept relatif. Cela a été prouvé par d'éminents scientifiques de notre pays. C'est maintenant que le peuple américain a besoin de moi.

— Et qu'est-ce qui te dit que le peuple américain a besoin de toi maintenant ?

— C'est bien simple. J'ai la solution miracle.

— La solution miracle ? Cela fait un peu réclame pour détergent, tu ne trouves pas ?

— Oui, la solution miracle. La solution finale, quoi.

— N'utilise pas ce terme, je suis juif. Enfin, je crois. Quelquefois, je ne me souviens plus très bien. Tu as donc une solution miracle pour quoi ?

— Pour tout. Pour la faim dans notre pays, la faim dans le monde, pour le chômage, la crise en Europe, l'immigration illégale, les armes à feu, la criminalité, la guerre au Proche-Orient, toutes les guerres, bref, une solution pour tous ces problèmes que les adultes ont créés et jusque-là échoué si lamentablement à résoudre.

— Et qu'est-ce qui te dit qu'un enfant pourrait réussir là où un adulte, avec un bagage important et une expérience déjà bien complète de la vie, a échoué ?

— Vous connaissez le dicton : la vérité sort de la bouche des enfants. On ne peut pas en dire autant des politiciens.

— Ah, ça, c'est sûr ! s'exclama le vieux avant d'éclater de rire.

— Et puis, vous parlez de bagage, d'expérience, c'est peut-être justement cela qui les voue à l'échec. Un regard neuf, créatif, innocent sur le monde, voilà la clef de la réussite. Les enfants ne sont pas représentés au gouvernement, or, nous sommes concernés par les décisions qui sont prises aujourd'hui, car elles auront des conséquences demain. On bâillonne les enfants, on prend en otage leur avenir parce que l'on se moque de tout, parce que l'on se moque d'eux, parce que l'on se moque du futur, parce qu'il n'y a que le présent qui compte et l'argent que l'on peut se faire tout de suite, pendant qu'on est encore en vie, et au pouvoir. Parce que les politiciens dépensent l'argent qui n'est pas à eux, comme s'il n'était pas à eux, justement, comme s'ils ne l'avaient pas gagné à la sueur de leur front, pour la simple et bonne raison qu'ils ne l'ont pas gagné à la sueur de leur front. Et tout ce que l'on gagne de cette façon n'a pas de goût. Si ce n'est celui insipide du trop vite acquis. Mon père n'aimerait pas entendre cela, car il n'aimerait pas savoir que je prépare ses pizzas avec la sueur de mon front. Oui, mon père tient une pizzeria. Il dirait que c'est sale, que ce n'est pas hygiénique. Mais bon, là n'est pas la question. Il faudrait que les gens fassent confiance à d'autres sortes de personnes, maintenant. Oui, je suis un enfant. Oui, je suis métis. Oui, je suis différent. Mais si je ne me dis pas que je deviendrai le premier président américain issu des minorités, alors je ne le deviendrai jamais, c'est sûr. Et cela serait bien dommage, car j'aimerais mettre un grand coup de pied dans les préjugés et les conventions, montrer que quelque chose de différent est possible.

— C'est pas faux, dit Jacob, commençant à comprendre la logique du garçon.

Il était tout de même très impressionné qu'un enfant puisse parler de la sorte, dans un anglais impeccable, et que son esprit fût si bien façonné. La télévision, lorsqu'il l'allumait, ce qui lui arrivait de temps en temps, était pleine de programmes où l'on voyait des adolescents débiles avoir des conversations débiles sur des sujets débiles. Ils vivaient dans un appartement à plusieurs, passaient leur temps à ne rien faire si ce n'était se disputer, étaient incapables de débarrasser la table ou laver les assiettes après chaque repas. On désespérait de l'avenir des États-Unis, du monde, même. Alors, cet enfant-là, avec ses jolies manières et ses belles paroles, était comme un sauveur dans un monde préapocalyptique inévitable, un remède aux zombies sans cervelle que la société préparait pour demain.

— Si je laissais les autres décider de ce que je peux faire ou ne pas faire pour une simple question d'âge, simplement parce que j'ai dix ans, alors je ne deviendrais jamais demain celui qu'aujourd'hui je me suis proposé de devenir. Quand on a un rêve, il faut aller jusqu'au bout, monsieur Stern, indépendamment de ce que disent ou pensent les autres. Indépendamment des barrières et des limites que chacun se met. Au XVIIe siècle, les pays européens n'étaient-ils pas gouvernés par des enfants ? Louis XV avait cinq ans lorsqu'il a succédé à Louis XIV. Et même si le pouvoir a été délégué à son grand-oncle, le jeune souverain a tout de même régné à l'âge de treize ans ! Et le monde allait-il plus mal ? Je me propose donc d'être cet enfant qui, dans l'histoire de l'humanité, sera le premier président des États-Unis âgé de dix ans.

— Ainsi donc, tu veux être le prochain Louis XV…

— Pourquoi pas ? L'esclavage n'existerait-il pas toujours si les hommes ne s'étaient pas révoltés un jour ? Et les Français n'auraient-ils pas toujours un roi aujourd'hui s'ils ne leur avaient pas coupé la tête à l'époque ? Si une poignée de rêveurs ne s'étaient pas donné les moyens d'aller voir ce qu'il y a ailleurs qu'autour de leur petit nombril, aurions-nous découvert la Lune ? Je crois que si nous ne changeons pas les choses, eh bien, elles restent telles qu'elles sont. Et elles pourrissent.

Le vieux pensa à toutes ces choses qu'il n'avait pas changées dans sa vie depuis quinze ans. Qui étaient restées telles quelles. Qui avaient pourri. Sa vie, qui avait pourri. Ses rêves, son espoir, sa joie de vivre, qui avaient pourri. Sans aller chercher bien loin, ce robinet de la cuisine qui fuyait et qu'il n'avait jamais réparé, ce qui avait toujours rendu sa femme furieuse. Mais pouvait-on comparer la Révolution française ou la conquête de la Lune avec le robinet de sa cuisine ? Peut-être, après tout, car la conquête de la Lune ne changeait rien à sa vie quotidienne, alors que son robinet...

— Ma politique ne se base pas sur l'apologie de l'immobilité, reprit Noah.

— En tout cas, tu parles sacrément bien, pour un garçon de ton âge, dit l'homme, aussi amusé qu'impressionné, en croquant dans un donut au chocolat qui avait fondu dans sa main et dont il semblait s'être souvenu tout à coup.

L'enfant posa son regard sur le beignet, puis sur la petite bouteille de plongée que l'homme tenait dans l'autre main et traînait comme un chariot de courses. Il fixa de nouveau le donut au chocolat et avala sa salive. Il se présentait peut-être à l'élection présidentielle, il n'en demeurait pas moins un enfant.

UN DONUT AU CHOCOLAT

Le garçon était assis en face du vieux. Il tenait à présent lui aussi un donut au chocolat dans la main, l'observait comme s'il n'en avait jamais vu de sa vie.

— C'est un donut kasher, dit Jacob. Tu sais ce que ça veut dire ?

— Non.

— Cela signifie qu'il est conforme aux prescriptions rituelles du judaïsme.

— Je ne comprends pas.

— C'est un donut sain et pur.

Et tout en disant cela, le vieux pensa qu'il était ridicule de dire d'un donut qu'il était sain et pur. Un donut, c'était la plus grosse cochonnerie qu'il pouvait y avoir sur la Terre.

— Je suis juif, je te l'ai déjà dit ?

L'enfant haussa les sourcils.

Le vieux sourit. Ses yeux rétrécirent, menaçant à tout moment de disparaître derrière les sillons de ses rides.

— Ce n'est pas une maladie. Et n'aie pas peur, ce n'est pas contagieux !

Le vieux repensa à la célèbre tirade de Shylock dans *Le Marchand de Venise* qu'il n'avait jamais oubliée. Étrange pour quelqu'un qui commençait à tout oublier. *Un juif n'a-t-il pas des yeux ? Un juif n'a-t-il pas des mains, des organes, des dimensions, des sens, de l'affection, de la passion ; nourri avec la même nourriture, blessé par les mêmes armes, exposé aux mêmes maladies, soigné de la même façon, dans la chaleur et le froid du même hiver et du même été que les chrétiens ? Si vous nous piquez, ne saignons-nous pas ? Si vous nous chatouillez, ne rions-nous pas ? Si vous nous empoisonnez, ne mourons-nous pas ?*

— Tu es catholique, toi ?

— Oui. Parce que mon père est catholique. Il est d'origine italienne.

— C'est vrai, il fait des pizzas.

— Et les meilleures du monde !

— Eh bien, c'est un peu la même chose. Catholique, juif. On croit en quelque chose. Et ça nous rend meilleurs, enfin, je pense. Si tu veux être président de tous les Américains, tu devrais t'intéresser à toutes les communautés qui forment notre pays. Les musulmans, les bouddhistes, et tout ça.

— Je m'informerai auprès de mon conseiller.

— Tu as un conseiller ?

— Oui, un conseiller en douze volumes, cela s'appelle une encyclopédie.

Ils éclatèrent de rire et Noah mordit dans le donut avec vigueur. Si son père l'avait vu, assis là, dans cette salle à manger, à bavarder avec un vieux, un juif, il lui aurait passé un sacré savon. Dans sa famille, il y avait quelques règles auxquelles personne (c'est-à-dire lui) ne pouvait déroger sous peine d'être privé de Nintendo pour une semaine. Depuis longtemps, Noah faisait croire à son père qu'il adorait les jeux vidéo afin que celui-ci continue de le menacer de l'en priver. Tant qu'il le privait de Nintendo en croyant que cela l'affectait, il ne le privait pas d'autres choses plus vitales pour lui, à savoir les livres, les journaux, les sorties, et la glace au chocolat et aux noisettes. Et être assis là, dans cette salle à manger, à bavarder avec un vieux, bafouait au moins deux des règles les plus importantes que son père avait toujours pris soin de lui inculquer : ne jamais parler aux inconnus et ne rien accepter d'eux.

De son côté, le vieux pensait que cela faisait bien longtemps qu'il n'avait pas partagé un repas avec quelqu'un, ne serait-ce qu'un simple goûter. Cela remettait pour quelques instants un peu de joie de vivre dans cette maison vide. Même s'il ne se dégageait pas de ce garçon l'énergie vitale que l'on attendait d'un enfant, à savoir qu'il coure partout dans un salon, qu'il piétine le tapis de ses semelles sales et casse, sur son passage, le joli vase hérité de l'arrière-grand-mère. Non, ce garçon-là était un garçon sérieux.

— Bien, alors ces signatures, combien t'en faut-il ?

— En ce qui vous concerne, une seule suffira.

Le vieux sourit. Le garçon avait le sens de la repartie. Le vieux aimait cela. Les garçons qui avaient de la repartie.

— Je veux dire, combien t'en faut-il en tout ?

— Le plus grand nombre. Ce n'est pas officiel. Aux États-Unis, on n'a pas besoin de signatures pour se présenter. Les trois seuls critères à remplir sont avoir au moins trente-cinq ans, avoir résidé au moins quatorze ans sur le territoire américain et être né citoyen américain. Je remplis seulement cette dernière condition, mais je tente de recueillir des signatures pour une pétition afin que l'âge légal de candidature passe à dix ans. Vous savez que les candidats souhaitant représenter le Parti républicain ou démocrate doivent se soumettre au long processus des primaires et remporter l'investiture ? Néanmoins, il est possible de se présenter en indépendant. C'est ce que vient de faire le milliardaire Ross Perot. Pour les signatures, je me suis quand même fixé un objectif. Parce qu'il faut toujours se fixer des objectifs, dans la vie, pour avancer. Mille signatures. Ma candidature n'est en rien fantaisiste.

L'enfant sortit une feuille de papier A4 de sa veste, qu'il déplia avec soin puis fit glisser sur la nappe cirée.

— On est loin du compte…, ajouta le vieux avant d'enfourner son dernier morceau de donut. Mille, tu m'as dit ?

— Mille. Ou plus.

— Tu es bien ambitieux.

— Il faut toujours être ambitieux, et viser haut pour avoir un peu moins. C'est une règle de vendeur.

— Et il te les faut pour quand, ces mille signatures ou plus ? Parce que là, sur ta feuille, je n'en vois qu'une seule… Et l'élection est dans quelques mois !

L'enfant leva la tête et regarda le plafond, plongé dans un calcul complexe.

— Oui, il est vrai que je vise l'élection de cette année, mais quand bien même cela me prendrait dix ans pour y arriver, j'aurais réussi à faire baisser l'âge minimal de trente-cinq à vingt ans. Dans l'idéal, je compte les avoir dans trois mois.

Il sourit.

Jacob Stern hocha la tête comme pour dire que l'enfant était loin d'y arriver. L'enfant ne réalisait pas. Ce n'était pas de l'ambition. C'était de l'inconscience. Le vieux repensa au jour où il avait organisé une pétition pour que les membres de la communauté cessent de faire des barbecues de sardines le samedi. Jamais il n'aurait pensé que les gens puissent ne pas le soutenir. C'était une question de bon sens. Qui supportait une telle odeur ? Il était donc allé frapper, confiant, aux portes de ses voisins et n'avait en tout et pour tout réuni que trois signatures. Trois misérables signatures en deux semaines. Trois signatures, y compris la sienne et celle de sa femme. Mille signatures. Oui, l'enfant était bien loin du compte. Le vieux continua de dodeliner de la tête, et les deux petits tuyaux en plastique qui disparaissaient dans ses narines frémirent.

— Vous êtes plongeur ? demanda l'enfant en désignant la bouteille en métal qui reposait sur le parquet aux côtés des pantoufles du vieux, dans un chariot. Je vous demande ça parce que l'océan est à plus de sept cent soixante-six kilomètres de Nashville. Bon, le Tennessee est l'État avec le plus de débordements d'égouts, mais j'imagine que vous ne faites pas de la plongée dans les égouts…

La question ainsi que l'argumentation amusèrent le vieux.

— Plus que ces sept cent soixante-six kilomètres qui nous séparent du golfe du Mexique, c'est le fait que j'utilise des bouteilles de plongée hors de l'eau qui devrait te surprendre, mon garçon…

— Vous pourriez être un homme-poisson. Cela existe dans les livres de Lovecraft.

— Je n'en doute pas, mais ce n'est malheureusement pas le cas. C'est bien une bouteille d'oxygène, mais celle-là ne sert pas à faire de la plongée sous-marine. Je ne peux plus respirer tout seul. Tu sais, nous, les vieux, il y a beaucoup de choses que nous ne pouvons plus faire tout seuls. Il faut qu'on nous aide pour tout. Pour manger, pour pi… aller aux toilettes. Et même pour respirer.

L'homme accompagna ses paroles d'un sourire complice qui fit s'entrechoquer les deux tuyaux qui lui sortaient du nez dans un doux bruit de plastique. Un instant, ses yeux s'étaient illuminés d'une malice depuis longtemps oubliée.

— C'est ton père qui a signé ? demanda le vieux pour changer de sujet en posant ses doigts aux ongles couverts de chocolat sur l'unique nom et l'unique signature qui figuraient sur la feuille de papier. Il est médecin ? plaisanta-t-il.

— Pourquoi médecin ? demanda l'enfant, sérieux.

— Parce que les docteurs ont tendance à écrire comme des cochons sur les ordonnances. Il n'y a que les pharmaciens qui les comprennent, d'ailleurs. Je pense qu'on leur apprend à écrire comme ça dans les facultés de médecine. J'étais imprimeur. Je m'y connais en calligraphie et typographie, et je peux t'affirmer que l'écriture des médecins est la plus biscornue que j'ai jamais été amené à voir. Il m'est plus facile de comprendre certaines gravures du XIIIe siècle… À moins que ce ne soit un code entre eux. Au lieu d'inscrire des noms de médicaments et des posologies, ils échangent des petits mots personnels, dont nous sommes les messagers sans le savoir. Du style : « Ne te prends pas la tête avec ce patient, il sera mort dans trois semaines », ou alors : « Qu'est-ce que tu fais ce soir après le boulot ? Il y a une soirée infirmière à l'hôpital universitaire ». Ah ah !

Noah regarda le nom de son unique pétitionnaire. Le vieux avait raison. C'était sacrément mal écrit. Comme si l'on avait trempé les pattes d'un cafard dans de l'encre bleue avant de le lâcher sur la feuille. Pourtant, l'homme qui avait signé n'avait rien d'un médecin. Un docteur ne s'asseyait pas au coin d'une rue afin de réclamer quelques pièces de monnaie. Un docteur, ça ne sentait pas mauvais comme ça. Enfin, Noah ne connaissait pas personnellement de docteur, mais il s'imaginait les médecins autrement.

— Non, ce n'est pas mon père qui a signé, répondit Noah. C'est l'homme du coin de la rue, Caleb.

Le vieux fronça les sourcils, suspicieux, comme à son habitude, chaque fois qu'un étranger faisait irruption dans sa rue, ou au détour d'une conversation.

— Caleb ? Le voisin du coin de la rue s'appelle Peabody. Mike Peabody, et sa femme Linda. Et cela fait quarante-cinq ans qu'ils vivent dans le quartier, dans la même maison, au coin de la rue. Jamais entendu parler de ce Caleb.

— Ne me faites pas dire ce que je n'ai jamais dit, se défendit l'enfant. Je n'ai pas dit qu'il habitait au coin de la rue, j'ai dit que c'était « l'homme du coin de la rue ». Nuance. La politique est une question de nuance. Vous auriez dû me demander le coin de quelle rue !

— Tu as raison, mon garçon, tu n'es pas encore au pouvoir que je te fais déjà dire ce que tu n'as pas dit. Ce Caleb, ou cet « homme du coin de la rue », comme tu dis, bref, l'homme qui a signé ta liste de candidature, à savoir la seule personne qui l'a signée à ce jour, ne serait pas, par hasard, ce jeune vagabond qui fait la manche sur le trottoir ?

— C'est bien lui, répondit Noah en enfournant le dernier morceau de donut et en s'essuyant les doigts sur une serviette en papier que l'homme avait mise à sa disposition.

— Si je comprends bien, ta seule signature est celle d'un clochard, résuma le vieux, spécialiste en l'art de la synthèse.

— Caleb est peut-être un clochard, il n'en demeure pas moins un homme, et donc un citoyen américain.

— Tu as raison, mon garçon. On a tous le droit de vote. Et maintenant qu'on en parle, qu'as-tu promis à Caleb pour qu'il signe ta pétition ?

— Je lui ai promis du travail, un salaire de douze mille dollars à l'année, une vie merveilleuse, une femme et des enfants.

— Rien que ça ! s'exclama le vieux. Et comment tu vas t'y prendre pour honorer ta parole ?

— Ce n'est pas à moi de m'y prendre, mon-sieur, c'est à lui de se donner toutes les chances. Un humain, c'est comme un moteur, cela possède une mécanique et une force prodigieuses, et il suffit juste d'une étincelle pour le faire démarrer. J'ai décidé d'être cette étincelle. Je lui ai prêté cinquante dollars, avec la promesse qu'il me les rendra lorsqu'il touchera son premier salaire.

— Tu as acheté ton premier vote ? Je vois que tu as déjà compris les rouages de la politique !

— Ne vous méprenez pas, ce sont là toutes mes économies, l'argent que j'ai gagné de mes propres mains à vendre des pizzas avec mon père. Et cela fait partie d'un plan. Un plan honnête. Je lui ai dit : « Je vous donne toutes mes économies parce que je crois en vous. » Je lui ai dit : « Regardez bien ce billet, car vous allez le transformer. Vous allez vous acheter des habits propres, vous allez vous doucher, vous raser, vous allez vous rendre chez le coiffeur. Et vous allez chercher du travail, vous allez devenir un nouvel homme. » Les gens qui ne veulent rien faire se cachent souvent derrière de grotesques prétextes. « Je ne peux pas trouver de boulot parce que personne ne veut d'un clochard. Je ne peux pas trouver de boulot parce que je suis né dans un quartier défavorisé, parce que je suis noir, parce que je suis latino, parce que je suis handicapé, parce que je suis malade, parce que je suis trop petit, parce que je suis trop grand, parce que je suis blond, parce que j'ai le nez de travers. » Ce sont des bêtises. Moi, je suis noir, pire, métis, c'est-à-dire que ni les Blancs ni les Noirs ne me reconnaissent comme étant l'un des leurs. Pour les Noirs, je suis un Italien, pour les Italiens, je suis un Africain. Je suis noir et je suis petit, et pourtant, je ne me cache derrière aucun prétexte pour prendre ma vie en main. Même si nous ne naissons pas avec les mêmes chances, on peut toujours changer. Il suffit juste de faire plus d'efforts que les autres. Saviez-vous que, lorsqu'il était enfant, Mike Tyson se faisait maltraiter par les caïds de son quartier qui se moquaient de lui parce qu'il avait un cheveu sur la langue ? On peut dire qu'il s'est bien rattrapé depuis ! Il aurait pu rester le petit garçon pauvre et molesté de Brooklyn toute sa vie s'il s'était réfugié, comme des millions de gens le font au quotidien, derrière ce qu'il pensait être des faiblesses : sa couleur de peau, son origine modeste, son problème de diction. Il aurait pu passer sa vie derrière les barreaux, aussi (à treize ans, il s'était déjà fait arrêter trente-huit fois par la police), en se disant : « Je suis né dans cette jungle et je n'en sortirai jamais. » Et pourtant, il s'en est sorti. Il est devenu connu, reconnu, millionnaire, même si sa vie est quelquefois encore entachée par de mauvaises actions. Mais il a décidé de se prendre en main. Car rien n'est écrit. Et il suffit de le comprendre assez tôt, pour ne pas subir sa vie, mais au contraire la construire. Notre futur est un livre dont on écrit les pages chaque jour, par nos actes. Des jeunes issus de milieux riches tournent mal aussi. Et c'est ce que j'aime de la vie, que l'on soit maître de notre destin. Même si nous naissons avec de mauvaises cartes. Parfois, la pioche est bonne, et alors tout bascule. On gagne la partie. En outre, je crois que nous devenons ce que nous nous efforçons de devenir. Certains doivent juste s'efforcer un peu plus que d'autres. Il faut se battre. Toujours. Pleurer et se plaindre n'a jamais fait avancer les hommes. Voilà ce que j'attends de Caleb. Il est clochard, d'accord, mais il n'est pas mort. Et tant qu'on n'est pas mort, eh bien, on peut se battre. On doit se battre. Si Caleb veut un métier, fût-il modeste, une femme et des enfants, cela ne tient qu'à lui. Il a le choix. On a toujours le choix. Il ne tient qu'à Caleb de se lever un matin avec cette envie de défier le monde, de devenir quelqu'un d'autre, un battant. Ce serait déjà extraordinaire. Car la vie ne récompense que les battants. Ça, il faut bien le savoir. Et puis regardez quand vous êtes malade, et puis qu'un jour vous vous levez enfin de nouveau, que vous avez retrouvé l'appétit, que la maladie a disparu. Quand vous avez passé des journées entières en pyjama, mal rasé, sans vous laver, eh bien, de quoi avez-vous envie ? De vous doucher, de vous raser, de faire peau neuve, peut-être d'aller chez le coiffeur et de recommencer une nouvelle vie. Sortir et vous montrer au monde, vous montrer aux autres, différent, fort. Renaître. Je lui ai dit : « Rasez-vous, lavez-vous, levez-vous et marchez ! Il y a des boulots où l'on ne demande aucune qualification. Au lieu de quémander une pièce, allez donc demander un travail. Au lieu d'attirer la pitié des gens, suscitez l'envie. Au lieu de passer vos journées à genoux devant les autres, levez-vous et avancez la tête haute. Vous auriez cent ans, j'aurais dit d'accord, mais vous avez combien ? Vingt ans ? Vous avez vingt ans et vous faites la manche ? Mais qu'attendez-vous donc de la vie ? Quand on a vingt ans, on a toute la force de la jeunesse, on veut renverser les dictatures. Telle est, du moins, ma volonté à dix ans ! À vingt ans, on se relève vite. Donnez-moi vos vingt ans, vous qui ne les voulez pas et moi qui en ai besoin, et prenez mes dix ans. C'est un crime que de passer ses vingt ans assis sur un trottoir à attendre que l'on veuille bien vous glisser une pièce d'un demi-dollar dans votre gobelet, alors qu'il y a des jeunes de vingt ans malades qui ne peuvent pas bouger de leur lit et qui n'ont rien demandé, qui rêvent chaque jour et chaque nuit d'avoir deux bras et deux jambes valides pour courir, pour travailler et avoir une femme qu'ils pourront aimer, des enfants qu'ils pourront chérir. Pour eux, par respect pour eux, vous n'avez pas le droit, Caleb. Voilà pourquoi je vous donne ces cinquante dollars. » La politique, n'est-ce pas des paroles et des actes ? Des actes en adéquation avec des paroles ? C'est ce que j'ai fait pour Caleb aujourd'hui. Car s'il y a bien une chose en laquelle je crois, c'est que personne n'est irrécupérable. Clochard, délinquant. Personne n'est irrécupérable, car nous naissons tous purs et innocents et c'est la vie qui nous change.

Bam, prends-toi ça dans la figure, vieux schnock ! pensa Jacob. Un discours de prix Nobel, un discours à vous en décrocher la mâchoire, à vous donner envie d'aller chercher du travail dans la minute. S'il n'était pas si vieux, il aurait enfilé un costume, de jolies chaussures, et aurait arrosé tous les bureaux du coin de CV. Ses yeux s'étaient illuminés de mille feux. Non, personne n'était irrécupérable. Il en savait quelque chose, lui que la société américaine avait récupéré, lui qui avait dû se cacher, dissimuler ce qu'il avait été avant. Récupéré de ce crime qu'il avait commis à vingt-huit ans et qui l'avait hanté depuis.

— Ai-je bien fait ? demanda Noah.

— Oh, oui, mon garçon ! Si j'étais Caleb, je peux te dire que j'aurais déjà balancé mes fringues et que je serais sous la douche en train de me récurer les ongles des doigts de pied en chantant *La Traviata* !

Lui avait connu cette boule qui vous tenaille le ventre quand on passe la porte d'un employeur, il l'avait eue plusieurs fois dans sa vie, même. À vingt ans, il aurait déjà pu mourir, car il avait vécu plus que les garçons de son âge. Et à soixante-quinze ans, il n'était toujours pas mort. Mais c'était tout comme. Car Hannah l'avait laissé. Il était à la retraite et aucune activité ne viendrait dissiper la tristesse qui le rongeait. Ne plus tenir Hannah dans ses bras, ne plus pouvoir lui dire bonjour le matin, ne plus pouvoir la sentir dans le fauteuil d'à côté, ou dans le jardin à arroser ses roses, ne plus pouvoir vieillir avec elle, veiller sur elle et mourir avec elle. Ne plus pouvoir lui tenir la main. Alors, quelquefois, il caressait sa main gauche avec sa main droite, imaginant qu'il s'agissait de celle d'Hannah. Les yeux rivés sur la télé éteinte. Car maintenant, il n'avait rien de mieux à faire que de regarder sa télé éteinte et d'attendre que le temps passe.

Sans Hannah, sans travail, sans amis, sans famille, bientôt sans mémoire, il n'avait plus de raison de se lever le matin. Si Caleb le clochard le lui avait demandé, il aurait échangé les rôles sans hésiter. Il serait allé s'asseoir au coin de la rue. Il y aurait passé ses journées à attendre, comme il passait ses journées à attendre dans son salon, devant la télé éteinte. Il aurait même gagné quelques dollars, pour le coup, histoire de se payer une bonne bière fraîche. Oui, à soixante-quinze ans, il n'attendait plus rien de la vie. Et aujourd'hui, voilà qu'un jeune garçon venait remplir son existence d'un coup, avec ses rêves, ses espoirs et sa jeunesse, ses ambitions bien trop grandes pour lui, comme un costume d'adulte, et il eut soudain envie de l'aider, de remuer ciel et terre pour obtenir ces mille signatures. D'un coup, il y crut et ne trouva pas qu'on était loin du compte. Il eut l'impression qu'après plusieurs années de léthargie une étincelle frappait de nouveau à sa porte sous la forme d'un petit garçon noir habillé en ministre.

— Donc, si je comprends bien, tes parents n'ont même pas signé ta pétition, dit le vieux, arraché de ses pensées par le bruit d'une voiture qui klaxonnait dans la rue.

Il se leva et alla regarder à la fenêtre. Il déplaça d'un doigt le rideau et se tint immobile. Il savait parfaitement pourquoi la voiture klaxonnait. Elle klaxonnait tous les mardis à la même heure. Il vit le fils des voisins dans sa Ford, garé devant la maison de ses parents, à attendre derrière son volant que sa mère sorte. Rosa, sa vieille mère, qui ne tenait presque plus debout et qu'il n'allait même pas chercher jusqu'à la porte, qu'il n'allait même pas aider à monter dans la voiture. Sa vieille mère qu'il emmènerait voir son mari, et donc son père, qui reposait au cimetière de Nashville. Le vieux se remémora un instant le rire si singulier de ce voisin, de cet ami. Clint. Un rire de mouette. Quand il riait, on avait l'impression que l'on habitait sur la côte, près de la mer. Il y avait quatre ans que l'on n'entendait plus le rire des mouettes dans le quartier. Quatre ans qu'un impatient klaxon de Ford l'avait remplacé. Tous les mardis. Un rire contre un klaxon. La plus mauvaise affaire de tous les temps.

— Mon père ne veut pas entendre parler de cette « nouvelle lubie », comme il dit. Il ne veut pas que je devienne président. Il dit que j'ai d'autres choses à faire. Plus utiles. Des choses de mon âge, ou de ma condition. Comme l'aider avec le restaurant, servir les clients, vider les poubelles.

— Je vois, dit le vieux en lâchant le rideau avant de revenir s'asseoir. Et ta mère, qu'est-ce qu'elle dit du fait que ton père préfère te voir vendre des pizzas plutôt que devenir président des États-Unis ?

Noah baissa la tête. Un voile de tristesse venait de passer sur son visage comme un nuage, ou une éclipse, recouvrant quelques secondes le Soleil. Durant un instant, il retrouva sa fragilité d'enfant. D'un coup, son costume paraissait trop grand, comme à la fin du film sorti quelques années auparavant, *Big*, lorsque ce garçon qui est devenu un homme pendant quatre-vingt-dix minutes redevient l'enfant qu'il a toujours été et nage dans un pantalon et une veste deux fois trop grands pour lui.

— Il y a deux ans, maman a perdu ses cheveux. Et puis elle est partie. Partie au ciel.

Le regard de l'homme fondit sur une petite irrégularité du bois de la table, sur un des côtés que la toile cirée ne recouvrait pas.

— Cela arrive, dit-il en la caressant.

Et une écharde s'enfonça dans la pulpe de son index, lui arrachant une grimace. Il s'empressa de porter son doigt à la bouche pour le sucer goulûment, retirer le mal de son corps.

— Et vous, vous allez bientôt partir au ciel ? demanda Noah en relevant la tête et en indiquant le crâne chauve de l'homme.

Celui-ci sourit. Il ne dit pas à l'enfant que sa femme avait elle aussi perdu ses cheveux quelques années plus tôt, avant de partir au ciel et de le laisser seul à tout jamais. Il se contenta de suçoter son index en hochant la tête comme le bébé insoucieux qu'il aurait aimé redevenir.

DES ASSIETTES

Lorsque l'enfant fut parti et qu'il se retrouva seul, Jacob Stern contempla quelques instants sa bouteille d'oxygène, l'imagina en bouteille de plongée, s'imagina même en combinaison, dans les profondeurs d'une eau paradisiaque, homme-poisson nageant aux côtés d'Hannah, avant de la mettre en bandoulière, puis de débarrasser la table en traînant ses pantoufles.

À mi-chemin entre la salle à manger et la cuisine, il se surprit à porter les deux assiettes et les deux verres. Il se rappela le temps où sa femme était encore là et qu'il débarrassait pour deux, qu'il empruntait le même chemin entre la salle à manger et la cuisine avec deux assiettes et deux verres comme maintenant. Leurs rires, leurs conversations à table, insignifiantes, ces petits moments quotidiens auxquels il ne prêtait alors que peu d'importance et qui lui manquaient à présent terriblement. Depuis qu'elle était partie, il n'avait plus jamais mangé sur la table du salon, lui préférant la petite table basse devant la télé éteinte.

Durant quelques secondes, il se demanda s'il avait rêvé. Si cet enfant avait bien sonné à sa porte. S'ils avaient bien eu ensemble cette drôle de conversation.

Mais les deux assiettes qui s'entrechoquaient dans un bruit de porcelaine et les deux verres qui s'entrechoquaient dans un bruit de cristal entre ses mains étaient là pour lui rappeler que, non, il n'avait pas rêvé. Il avait quelquefois des oublis, oui, mais il n'avait pas rêvé. Sa solitude ne lui avait pas joué un mauvais tour, il ne s'était pas inventé d'ami imaginaire, à l'instar de ses vieux copains qui avaient fini leur vie dans un hospice. Mary, Joe. Et bientôt Rose ? Qu'un klaxon ne viendrait plus déranger le mardi. Et lui non plus. Oui, ces bruits d'assiettes dans ses mains lui rappelaient qu'il était bien vivant et que cet extraordinaire petit garçon existait bien et qu'il venait d'entrer dans sa vie avec la force d'un tremblement de terre. Il revit Noah assis à la table quelques minutes auparavant.

— Il faut que je rentre, avait-il dit tout de go, sinon je vais me faire disputer par papa. Je mets une demi-heure en bus. Alors, vous signez ma pétition ?

À ces paroles, le cœur du vieux avait battu si fort qu'il avait eu peur que cela s'entende. Des palpitations comme il n'en avait plus eu depuis qu'il avait gagné le cent mètres, cinquante ans plus tôt. Depuis la guerre aussi, ou encore depuis le jour où il avait trouvé le corps de sa femme gisant par terre, sur les dalles froides de leur salle de bains. Il savait que, s'il signait, l'enfant ne réapparaîtrait plus. C'était apparu comme une évidence. Comme une petite mort.

— Tu ne m'as pas présenté ton programme, avait-il annoncé, nerveux, en augmentant le débit d'oxygène de sa bouteille. J'aimerais savoir comment tu comptes t'y prendre pour résoudre le conflit au Proche-Orient, ou la faim dans le monde. Tu m'as impressionné avec ta manière d'aider Caleb.

Déçu qu'il ne signe pas, l'enfant ne reviendrait peut-être jamais, mais c'était un risque à prendre. Et en disant cela, le vieillard avait pensé à une jeune fille qui repousse le premier soir les avances du beau garçon dont elle est éprise pour garder intact l'espoir de le revoir. Il devait encore gagner un peu de temps. Il se sentait comme Shéhérazade, menacée de voir chaque soir sa tête tranchée par le sultan si elle ne trouvait pas d'histoire à lui raconter. Une fois la signature apposée sur sa feuille de papier, le vieux serait condamné à retrouver sa solitude, sa télé éteinte. L'enfant, qui aurait eu ce qu'il voulait, ne sonnerait jamais plus à sa porte pour l'abreuver d'aussi jolis mots, d'aussi belles espérances. Le doux rêve d'un garçon qui veut devenir président, bercé d'illusions et d'innocence.

Un silence avait envahi la pièce. On n'entendait plus que le tic-tac de la pendule. Celui qu'on n'entend que dans les maisons des vieux, qu'aucun bruit ne vient couvrir.

— Je signerai lorsque tu m'auras tout expliqué en détail, je te le promets, avait ajouté le vieux pour ne pas perdre l'enfant.

Pour garder intact l'espoir de le revoir, pour qu'encore une fois sa petite voix frêle vienne couvrir le son de cet horrible tic-tac qui le rapprochait chaque jour de sa mort.

— En plus, l'avantage de mes petits soucis de mémoire, c'est que tu pourras me faire signer autant de fois que tu veux ! Je ne me souviendrai pas de l'avoir déjà signée. Si cela arrive, profites-en ! Je t'en donne d'ores et déjà la permission. Tu sais, l'inconvénient d'oublier, c'est que l'on oublie toutes les choses importantes de notre vie : le nom des gens qui comptent, leur visage, les beaux moments que l'on a passés avec eux. Et puis, au contraire, on n'oublie jamais les choses insignifiantes, on n'oublie jamais ce qui ne sert à rien. Cela reste à tout jamais ancré dans ton cerveau. C'est mal fait, tu vois…

L'enfant ne l'écoutait déjà plus. Il avait regardé sa montre d'un coup, comme s'il avait oublié de faire quelque chose de vital.

— Je reviendrai ! avait-il crié.

Oui, Noah avait crié pour la première fois. Il avait récupéré sa feuille A4, puis il s'était levé, avec sa force et sa jeunesse, avec la force de sa jeunesse. Il avait traversé le salon en courant, piétiné le tapis de ses semelles sales et cassé, sur son passage, le joli vase hérité de l'arrière-grand-mère. Il était arrivé comme un petit homme, il repartait comme un enfant.

C'est là que le vieux avait débarrassé la table, fait la vaisselle avant de consigner dans un cahier tout ce qui venait de lui arriver, pour le jour prochain où il perdrait totalement la mémoire. Il s'était rappelé les paroles de Noah. « Notre futur est un livre dont on écrit les pages chaque jour. » Lui, il noircissait les pages de son cahier pour écrire son passé. Pour écrire ses mémoires. Ou sa mémoire. Cette mémoire qui ne se résumait désormais qu'à cinq petits cahiers d'écolier dans lesquels il avait couché tous ses souvenirs, le nom de ses amis, de ses parents, le nom de ses voisins. Et maintenant celui de Noah. En parcourant les dernières pages, il avait réalisé que cela faisait longtemps qu'il n'avait rien écrit. Depuis qu'Hannah était morte, en réalité, car il n'était plus rien arrivé dans sa vie qui fût digne d'être remémoré. Il avait tourné les pages griffonnées du cahier jusqu'à tomber sur une page encore vierge. Il n'avait pas eu la force de relire ce qu'il avait noté sur ce sombre jour où il avait trouvé sa femme allongée de tout son long dans la salle de bains. Il avait écrit sur Noah, sur cette rencontre extraordinaire. Sur ce petit garçon de dix ans aux rêves encore intacts.

Pour la première fois depuis quinze ans, le vieux n'avait pas passé sa soirée à regarder la télé éteinte. Ni à écouter l'horrible tic-tac de cette vieille pendule, qu'il venait de balancer à la poubelle, avec les débris du vase en porcelaine hérité de l'arrière-grand-mère. Dont il ne se souvenait plus du nom.

LES POISSONS MULTICOLORES

Le lendemain, Jacob se surprit à dessiner des poissons multicolores sur sa bouteille d'oxygène. La fantaisie, cette chose qui débordait des conventions comme un poulpe hors d'une bassine, venait d'entrer par effraction dans sa vie. Noah avait la joie de vivre contagieuse.

Avec minutie, il peignit ses petits poissons au pinceau. Pour l'occasion, il avait déballé son kit de peintre, qu'il avait laissé pourrir des années dans le garage. En débouchant les tubes de gouache, l'odeur des temps anciens lui était revenue, se frayant un chemin entre les deux petits tubes en plastique qui ne quittaient désormais plus ses narines. L'odeur de la peinture, sa madeleine de Proust. Il tira la langue alors qu'il traçait les écailles argentées d'un poisson rouge, comme un enfant qui s'applique à faire un travail compliqué. Autour de lui, étrangers à ce miracle qui prenait vie juste à côté d'eux, nageaient dans un petit aquarium les poissons rouges qu'il avait pris pour modèles.

Il se souvenait du jour où il les avait achetés. En rentrant de l'épicerie, il était passé devant l'animalerie.

Il aimait s'y arrêter sur son trajet, prendre quelques minutes pour regarder les chatons et les chiots jouer dans la vitrine. Il tapait du coin de l'ongle sur le verre afin d'encourager cette petite souris à ouvrir les yeux et venir vers lui. Jamais il n'était entré. Pourquoi le fit-il ce jour-là fut un mystère, mais une force invincible avait fait tourner la pointe de ses chaussures vers la porte, qu'il avait poussée. Sans doute pensait-il trouver dans cet endroit une compagnie à sa solitude. Il suffisait de payer pour avoir un ami, chose impossible avec les humains. Il avait jeté des coups d'œil curieux aux différentes sections, esquissé une grimace au rayon des reptiles et s'était arrêté devant les aquariums. Il préférait les chiens, bien plus affectueux, mais il y avait chez les poissons une certaine tranquillité, une certaine solitude qui lui rappelaient les siennes. Il reconnaissait en eux des congénères. Plus petits, avec plus d'écailles, mais des homologues du monde marin. Il n'avait pas hésité, avait demandé au vendeur le prix des poissons rouges, et en avait acheté deux, « pour qu'ils ne s'ennuient pas », avec un bocal et un pot de nourriture. Il fallait changer l'eau une fois par semaine, leur donner à manger deux à trois fois par jour. Une compagnie à moindres frais. Un peu comme la télé. La télé est une animation qui ne demande pas que l'on s'occupe d'elle. On l'allume et on la laisse parler pendant que l'on vaque à ses occupations. Cela était parfait pour lui. Un chat ou un chien aurait demandé plus de soins, ce qu'il ne se voyait pas en mesure de donner. De l'amour aussi. Mais il n'en avait plus depuis qu'Hannah était partie. Ce serait parfait, deux poissons dans un bocal, assez pour animer la maison morte. Assez pour mettre un peu de vie.

Et voilà que ses deux amis, à qui il n'avait jamais donné de nom, étaient devenus modèles pour une nouvelle œuvre d'art.

Le vieux se demanda combien de temps mettrait l'enfant pour revenir le voir. Il avait hâte de lui montrer ses poissons sur sa bouteille d'oxygène. Il avait hâte de lui montrer qu'il avait changé. Un peu. Qu'un gamin de dix ans lui avait ouvert les yeux sur la vie. Sur sa vieillesse.

Il se demanda également ce qu'avait fait le clochard, Caleb, avec les cinquante dollars de Noah. S'était-il précipité dans le premier bar venu pour les dépenser en bières ? Ou avait-il suivi les conseils de l'enfant ? Avait-il trouvé un travail ? Était-il tombé amoureux d'une jolie jeune femme ? Avaient-ils des projets ? Faire de beaux enfants ?

C'était compliqué de dessiner les écailles argentées de ce poisson rouge. Il fallait mêler la couleur argent à la couleur orangée du petit corps, sans que les deux forment une troisième couleur, ou une bouillie immonde. Les gestes de l'homme étaient précis, méticuleux. Organisé, il trempait le pinceau de couleur argentée dans un pot de confiture rempli d'eau aux deux tiers, puis il reprenait celui de couleur orange et repassait subtilement les bords, sans une seule fois écraser ce qui avait été fait. Il se remémora le temps où il répétait ces mêmes gestes délicats tous les jours, à la seule lumière d'une lampe à gaz, dans une chambre aux volets clos lorsqu'il n'était encore qu'un jeune faussaire plein d'idéaux. Ce n'était pas de la peinture, à l'époque, mais de l'encre. Et le support n'était pas du métal, mais du papier. Un support bien plus fragile, éphémère, sur lequel la moindre bavure, la moindre abrasion, le moindre gommage prenait des dimensions catastrophiques. À la loupe, on voyait tout. Une erreur, et il devait tout refaire. Car de son travail dépendait la survie de ces gens qu'il aidait. De ces jeunes Allemands chassés et persécutés qui quitteraient l'Europe munis de ces faux passeports américains. De vrais passeports pour une nouvelle vie. Une nouvelle chance. Comme celle qui lui avait été donnée.

Aujourd'hui, aucune vie ne dépendait de lui, ne dépendait de son œuvre, de ses poissons rouges, jaunes et verts. Aujourd'hui, ce n'était pas du travail, ce n'était pas sérieux, c'était de la fantaisie. Il y avait pourtant mis la même volonté, la même passion, le même cœur. Car lorsqu'il se mettait en tête de faire quelque chose, il le faisait bien. Même la fantaisie avait droit à ce que l'on s'appliquât pour elle, pour qu'elle fût plus réelle, plus belle à regarder.

Le vieux releva la tête et observa son œuvre d'un œil neuf. Il dessina quelques algues ondulantes, quelques grains de sable, puis il déposa la bouteille près de la fenêtre. Il faisait un temps splendide, un petit air frais glissait le long de la rue, et la peinture sécherait vite.

De nouveau, le vieux se demanda combien de temps mettrait l'enfant pour revenir. Il avait hâte de lui montrer ses poissons. De lui montrer qu'il avait changé. Pour la deuxième fois de sa vie.

UN VIEUX QUI PENSE AUX AUTRES

Tous les mercredis, Jacob Stern se rendait au Centre de jeunesse juive de Belmont-Hillsboro. *Centre de jeunesse* sont de bien grands mots, car il y avait là des gens de tous âges, et notamment plus de vieux que de jeunes. Les fondateurs avaient peut-être préféré *Centre de jeunesse* à *Centre de vieillesse*, il y avait dans le choix de ces mots tout un futur qui s'ouvrait, une espérance. Et puis, à partir de quel âge devenait-on vieux ? Il y avait des enfants déjà vieux, et des vieux jeunes. Ce n'était qu'une question d'état d'esprit et non d'âge, après tout.

Jacob aimait l'ambiance qui émanait de ces murs. D'abord parce qu'il y avait du monde et que cela le changeait de sa maison vide, sans bruit. Chez lui, c'était un peu la mort, alors que là, au Centre, c'était la vie. On criait, on rigolait, on s'amusait, on s'adonnait à tout un tas d'activités, autant physiques qu'intellectuelles.

Le plus vieux aidait les plus jeunes. Il leur parlait de son histoire, des coutumes. Il n'y avait rien de religieux dans tout cela. Il s'agissait plus de la perpétuation des habitudes, des fêtes, qu'une simple question de foi. Il allumait au soir des huit jours de Hanoucca les bougies du joli chandelier, donnait un coup de main en cuisine pour les beignets *soufganiya* et les crêpes de pommes de terre et oignons *latkes*.

Il était considéré comme un héros par les plus jeunes, une véritable légende pour les plus âgés. Il avait survécu à la Shoah et racontait quelquefois son histoire à ceux qui insistaient et l'avaient déjà entendue mille fois, les faux passeports qui avaient aidé tant de juifs à fuir la guerre, toutes ces familles qu'il avait sauvées. Chaque fois qu'il arpentait les couloirs de l'établissement, il y avait un souffle de respect qui émanait de lui. On l'aimait pour ce qu'il était et représentait. Un modèle à suivre.

Pour sa part, le vieux le leur rendait bien. Il jouait et plaisantait avec tous. À le voir là, si joyeux et vivant, on aurait eu du mal à imaginer qu'il puisse devenir cet être taciturne, triste et vide une fois le seuil de son domicile franchi. Chaque mercredi, le vieux reprenait vie.

Ce mercredi-là, le vieux n'avait pensé qu'à une seule chose, alors qu'il découpait dans du papier de petites guirlandes pour la bar-mitsva d'Aaron. Noah. Le petit garçon noir, son costume et sa cravate, son badge, les votes qu'il réclamait, ses yeux, ses paroles, son innocence et son grand savoir. Noah. Le vieux avait hâte de le revoir et de lui montrer ses poissons.

UN PROGRAMME AMBITIEUX

L'enfant ne tarda pas à revenir. Comme il l'avait promis. Un homme politique qui tenait ses promesses. En voilà une nouveauté !

— Depuis quand les candidats à la présidence tiennent-ils leur parole ? demanda le vieux en ouvrant la porte de sa maison et en laissant entrer Noah.

Il proféra ces quelques paroles sur le ton de la réprimande, en grognant un peu, mais au fond de lui, il était heureux. Alors il traîna ses pantoufles jusqu'à la cuisine pour préparer un verre de lait chaud à son nouvel ami.

Il lui sembla que deux jours avaient passé. Une semaine peut-être. Pour le vieux, une heure, un jour ou une semaine, tout cela était pareil, maintenant. Le temps devenait quelquefois une entité confuse dans son esprit. Comme les jeunes enfants qui ne font aucune différence entre hier, maintenant ou demain, qui pensent que cela fait trois jours qu'ils sont assis sur cette chaise, alors qu'ils n'y sont que depuis trois minutes.

— Comment t'appelles-tu, déjà ? J'oublie toujours les noms.

Un moindre mal qu'un coup d'œil jeté au badge de l'enfant corrigea.

— Ah oui, Noah. N'enlève jamais ce badge. Comme cela, je me souviendrai de ton nom, plaisanta-t-il.

Le garçon acquiesça. À l'âge où les autres enfants ne pensaient qu'à achever leur album d'autocollants Panini, Noah, lui, ne pensait qu'à achever la rédaction de son programme électoral. Il voulait se consacrer à la politique afin de coller, dans les yeux des gens, des étoiles semblables à celles, en plastique phosphorescent, qu'il collait au plafond de sa chambre.

— Moi, je me souviens de votre nom. Jacob. Jacob Stern.

— C'est bien ça. Un jour, ce sera toi qui devras me le rappeler ! Tu sais ce que *Jacob* signifie ? « Celui que Dieu favorise. » Je ne sais pas si cela m'a porté bonheur ou non.

— Je me suis informé sur votre peuple, votre culture, votre histoire. Passionnante en ses débuts, horrible pendant la guerre. Je me suis intéressé de près au conflit israélo-palestinien, qui est un problème qui demeure, et je crois avoir trouvé une solution.

Ils s'installèrent à la table du salon.

— Une solution ? Sais-tu que ce problème dure depuis 1948 ? Personne n'a su le résoudre en quarante ans et toi, tu aurais réussi en quelques jours ?

— Eh bien voilà, plus qu'une question religieuse, je pense que c'est un problème de place. Chacun revendique un morceau de terre, les Palestiniens tournent en rond, cherchent leur espace. Mais tout est occupé. On se bagarre pour un emplacement, pour avoir le droit d'exister. Il faudrait envisager d'avancer les plages d'Israël en y déversant des camions et des camions de sable. Oui, des tonnes de sable pour que la terre avance sur la mer. Comme ça, ils ne se battraient plus pour un lopin de terre. Tout le monde en aurait suffisamment.

— Prendre sur la mer ce dont les gens ont besoin sur la terre, pas bête…

— Notre planète compte soixante-dix pour cent d'eau. Vous imaginez tout ce que cela nous laisse de marge ? Nous n'habitons que dans trente pour cent de la Terre. Au lieu d'aller sur la Lune, c'est notre propre habitat qu'il nous faudrait réaménager. Nous ne sommes pas en train de discuter d'un espace que nous n'avons pas, mais d'un espace que, justement, nous possédons. Occuper l'eau, voilà l'enjeu. Étendre la terre. Pourquoi personne n'y a-t-il jamais pensé ?

Le vieux se dit que les propositions de Noah étaient peut-être angéliques, candides, mais elles avaient au moins le mérite d'exister, de prouver qu'il avait réfléchi sur la question. Oui, après tout, ce n'était pas idiot, étendre les terres habitables afin que les êtres humains ne soient pas à l'étroit et arrêtent de se battre entre eux.

Pourquoi les adultes dépensaient-ils leur énergie à inventer des choses pour gagner plus d'argent au lieu de rendre le monde meilleur ? C'était là quelque chose que Noah n'arrivait pas à comprendre. Bon, lui non plus n'était pas tout blanc, il était même métis. Les choses n'étaient jamais ni tout à fait blanches ni tout à fait noires. Elles étaient grises, nuancées, soumises aux filtres de chacun, à la subjectivité du monde et des choses. Noah n'avait pas une vision manichéenne du monde. Il avait déjà tué des fourmis, attaché une casserole à la queue d'un chat qui dort. Mais c'étaient des bêtises de petit garçon. En dehors de cela, il s'était toujours évertué à faire le bien autour de lui. Il aidait son père avec la pizzeria, se laissait copier dessus par Sophie, sa voisine de classe.

Même si Jacob se doutait que ce garçon ne serait jamais président des États-Unis, et encore moins à son âge, il savait qu'il ne fallait pas tuer les rêves d'un enfant. Du moins il ne voulait pas être celui qui tuerait le rêve de celui-là. Alors il lui dit de revenir le lendemain et lui promit qu'il lui donnerait sa signature.

LE PLUS BEAU LUNDI DE LEUR VIE

— Votre thermomètre est cassé.

Noah, sur le seuil de la porte, montrait l'appareil qui était accroché au mur à côté de l'encadrement.

— Et puis il penche.

— Ce n'est pas un thermomètre, expliqua Jacob, c'est une *mezouzah*. Toutes les maisons juives en ont une. Elle contient le *Chéma*, un passage biblique proclamant l'unicité de Dieu et la dévotion du peuple juif envers Lui. Quand on entre chez soi, on la touche du bout des doigts, que l'on embrasse ensuite. C'est une forme de respect.

L'enfant sembla fasciné par l'objet et il eut l'envie lui aussi de le caresser avant d'embrasser ses doigts. Il n'était cependant pas assez grand pour l'atteindre. Voyant sa lutte intérieure, le vieux prit Noah par les aisselles et le hissa. Le garçon toucha alors la *mezouzah* et embrassa la pulpe de son index. Cela l'amusa. Cela amusa le vieux aussi, qui le laissa retomber par terre, affaibli par l'effort.

— Vous n'avez pas de chien, dit Noah lorsqu'ils furent assis à la table du salon, un donut au chocolat dans la main, tel un rituel immuable.

L'affirmation, car ce n'était pas une question, dérouta Jacob. Le garçon avait toujours rêvé d'avoir un chien. De n'importe quelle race, de n'importe quelle couleur. Pas comme cet abruti de voisin blanc qui déclarait ouvertement, à qui voulait l'entendre, qu'il avait une sainte horreur des chats noirs, sans pour autant dire si c'était par pure superstition ou par racisme. Noah voulait juste un gentil chien avec qui il aurait pu jouer toute la journée et dans la fourrure duquel il aurait pu glisser ses doigts. Avant de les embrasser. Oui, s'il avait eu un chien, il l'aurait appelé Mezouzah.

— Un jour, reprit Noah sans que le vieux ait répondu à ce qui n'était pas une question, maman m'a dit : « Tu ne t'en souviens pas parce que tu étais tout petit, tu devais avoir cinq ans, tu as vu un chien dans la rue et tu m'as dit : "Oh, regarde, maman, un chien africain !" Je t'ai dit : "Pourquoi un chien africain ?" et tu m'as répondu : "Parce qu'il est noir !" C'est ce jour-là que je t'ai expliqué que les gens qui étaient noirs n'étaient pas tous africains. Comme moi, je suis noire et, pourtant, je suis américaine. Toi aussi, mon chéri. Et tes grands-parents, mes parents l'étaient aussi. Il faut remonter un peu plus haut dans la lignée pour trouver des Africains. » Voilà ce que m'a dit maman.

Le vieux rigola. Quelques miettes tombèrent sur la table.

— Elle est bien bonne, celle-là ! s'exclama-t-il. Un chien africain !

Puis le vieux regarda par la fenêtre et ses yeux se voilèrent d'un fumet de tristesse.

— C'est mal fait, la vie... Toi tu aimerais avoir vingt ans de plus, pour pouvoir être président, et moi vingt ans de moins.

Il lui expliqua pourquoi. Il lui parla d'Hannah, le grand amour de sa vie. Si le vieux avait eu vingt ans de moins, Hannah aurait été là, à ses côtés. Dieu, ce qu'il l'avait aimée. Même si... Bref, des années heureuses de mariage, et puis voilà qu'un jour cela lui avait pris d'aller voir ailleurs. Il avait échappé à la crise de la quarantaine, il était tombé à pieds joints dans celle de la soixantaine. Rimbaud écrivait : « On n'est pas sérieux quand on a dix-sept ans », mais quel homme l'était ensuite ? Une aventure de rien du tout avec une femme de trente-cinq ans rencontrée dans un bar. Hannah ne lui en avait pas tant voulu pour l'aventure que pour la différence d'âge. Elle disait que cette gamine aurait pu être leur fille, celle qu'ils n'avaient jamais eue. Hannah avait donc voulu rompre. Il ne pensait pas cela possible. Il croyait que leur couple était indestructible, qu'ils vieilliraient ensemble, qu'ils mourraient ensemble. Et puis, d'un coup, il se vit terminer seul. Il ne mangeait plus, ne dormait plus. Il la supplia. Pour seule réponse à son désespoir, elle lui annonça qu'elle gardait la maison et qu'il devait se trouver un appartement dans les jours à venir. Il maigrissait à vue d'œil. Elle souffrait tout autant que lui, si ce n'est plus, car cette situation, ce n'était pas elle qui l'avait cherchée. C'était lui qui l'avait trompée. Il devait donc lui épargner de jouer la victime. Il lui dit que la souffrance se mesurait en nombre de kilos perdus. Qu'il en avait perdu trois. Elle, elle en avait perdu six. Mais ils apprirent bientôt que ce n'étaient pas des kilos de souffrance perdus pour son infidélité.

Il aurait préféré. Hannah avait le cancer. Il n'avait vu que lui, que son petit nombril, ses petits kilos, et Hannah avait le cancer. Hannah mourait. Cela les a rapprochés de nouveau. Ils ont relativisé. Et puis la chimiothérapie s'est immiscée dans leur vie. Des cycles à n'en plus finir, tous plus dévastateurs les uns que les autres. Hannah a perdu ses cheveux. Tout s'est passé si vite. Trois mois après, il la retrouvait par terre, dans la salle de bains. Aussi froide que les dalles.

Une larme glissa sur la joue du vieux.

— Pourquoi tu pleures ? demanda Noah, peiné.

Le vieux sourit, essuya sa larme du revers de la main.

— Je pleure pour le temps qui passe, le temps qui est un voleur, qui te prend tout et ne te rend plus rien... Et puis, je pleure parce que je suis heureux. Heureux de te connaître. Heureux que tu aies un jour sonné à ma porte.

— Je pense aussi la même chose, Jacob.

— J'étais même en train de me dire que le jour où tu as sonné à ma porte, c'est peut-être le plus beau jour de ma vie.

— C'est gentil, dit Noah, mais je ne pense pas. Vous avez dû en avoir plein, des plus beaux jours de votre vie. J'imagine que le plus beau, c'est quand vous avez rencontré Hannah.

Jacob leva les yeux au ciel, réfléchit un instant.

— C'est vrai, tu as raison. Alors proclamons que c'était le plus beau lundi de ma vie. Ce lundi-là sera toujours à toi, mon garçon.

L'enfant eut l'air embarrassé.

— Jacob, nous nous sommes rencontrés un mardi.

Le vieux ouvrit les yeux en grand, sourit, se tapa le front du plat de la main.

— Mardi ? Alors disons que le plus beau lundi de ma vie tomba un mardi !

Il éclata de rire. Noah l'accompagna mais, au fond de lui, il trouvait cela bien triste. Parce que le vieux l'oublierait bientôt comme il oubliait aujourd'hui les jours.

LA MÉMOIRE DE PAPIER

Chose promise, chose due. Jacob avait signé la feuille de Noah.

— Ta deuxième signature ! dit-il d'un air triomphant.

Et, à défaut de champagne, ils fêtèrent l'événement avec un bon donut au chocolat.

— Tu sais, Jacob, ce n'est pas parce que tu as signé que je ne viendrai plus, annonça le garçon, qui avait compris l'inquiétude du vieux.

L'homme hocha la tête d'un air entendu même s'il n'en croyait pas un mot. L'enfant avait eu ce qu'il voulait. Il ne reviendrait plus. Il avait une vie, des amis, il avait une mission, ses signatures, il avait une famille. Qu'était-il pour lui ? Une rencontre. Un vieux de plus. Un vieux qui perdait un peu la mémoire, de surcroît, un vieux qui ne serait bientôt plus qu'un poids pour les autres, pour la société, pour l'enfant.

Il se crut donc dans l'urgence de lui révéler son secret. C'était peut-être la dernière fois qu'il le verrait en vie et il n'avait pas d'autre ami que lui, pas d'autre famille, pas d'autre personne de confiance à qui confesser son crime.

Il se leva, ouvrit la porte de la commode et en sortit quelques cahiers à spirale.

— Voici ma mémoire, Noah, dit-il en les posant sur la table en une pile. Je note tout afin de me souvenir. Pour plus tard. Pour quand mon cerveau n'arrivera plus à battre ses démons. Alors chaque matin, je pourrai les relire et me souvenir. Me souvenir de ce que j'ai fait la veille. Me souvenir d'Hannah. Me souvenir de toi aussi. J'ai commencé à écrire notre rencontre.

Le vieux expliqua qu'il aurait certainement un jour l'Alzheimer, ou qu'il l'avait peut-être déjà, il ne savait plus, que c'était comme une souris qui mangeait sa mémoire, qui n'était autre qu'un bout de fromage. Au début, la petite souris faisait des trous, puis elle mangeait tout. Alors il ne restait plus rien. Une mémoire vierge, qui n'avait jamais vécu. Un être inhabité, déserté par la dernière lueur d'humanité. Toute une expérience vouée à l'inutilité. Réapprendre tout. À penser, à marcher, à parler.

— Je les range dans cette commode, tu as vu ?

Il lui indiqua le grand meuble en bois sur lequel reposait le téléviseur.

— C'est important. Si un jour il m'arrivait malheur, je veux que tu prennes ces cahiers et que tu les brûles. Que tu les brûles avant que quelqu'un les lise. Tu entends, Noah, personne ne doit les lire.

Ses yeux s'étaient écarquillés, il tremblait.

— Oui.

— Promets-moi.

— Pourquoi ne les brûlez-vous pas vous-même ?

— Pour ne pas oublier qui je suis. Tu vois, ils sont numérotés. Il y en a cinq. Je les relis de temps en temps pour savoir qui je suis, qui j'étais. Oui, surtout pour ne pas oublier qui j'étais, et ce que j'ai fait.

Noah les balaya tous du regard.

— Je peux les lire, moi ?

Le visage du vieux se crispa d'un coup.

— Non ! hurla-t-il en posant ses grandes mains sur les cahiers afin que l'enfant ne puisse pas y toucher.

Ses yeux s'étaient ouverts comme ceux d'un loup sur le point de sauter sur sa proie. Il montrait les dents comme un chien effrayé.

— Surtout pas. Il y a dedans des secrets terribles. Je viens de te le dire, personne ne doit les lire. Pas même toi. Tu les brûleras, tu me promets ?

— Oui, répondit l'enfant, apeuré.

Ce fut la première fois que le garçon ne reconnut pas le vieux. Ironie de la vie, car c'est le vieux qui aurait dû le premier ne plus reconnaître l'enfant.

PIZZA AUX LARMES

La pizzeria Gino occupait l'angle de la 17e et de Horton Avenue, dans le quartier de Edgehill. C'était un bâtiment de brique rouge percé de fenêtres en bois blanc qui avait, bien des années plus tôt, abrité une charcuterie, et dont le seul vestige qui subsistait était l'enseigne peinte sur la façade, SANCHEZ, et que le père de Noah avait cru bon de conserver. Dans le quartier, certains, les plus vieux, appelaient encore la pizzeria par le nom de la boucherie, disaient aller dîner chez Sanchez, sans que jamais personne, pas même l'intéressé, Gino, les contredise.

Gino D'Amico était un homme gros et taciturne. Cette description semble peut-être abrupte, étrange, mais il n'est pas de mots aussi exacts que ces deux-là pour exprimer avec le plus de vérité les deux sensations que l'on pouvait avoir la première fois – et les suivantes – que l'on rencontrait Gino. D'abord le physique, imposant, coulant, difforme. Ces fesses gigantesques et flasques qui dansaient comme deux flans dans son pantalon gris lorsque l'homme se retournait après avoir pris votre commande et s'éloignait vers le comptoir. Ensuite, l'expression qui transpirait de son visage, de ses yeux, de sa bouche, peu encline à s'ouvrir si ce n'était pour bâiller. *Taciturne* était le mot. Qui parle peu, reste habituellement silencieux. Qui n'est pas d'humeur à faire la conversation. On pouvait facilement excuser les premiers, les silencieux, les discrets, de la catégorie des timides, car c'était un caractère, on pouvait même leur trouver un certain charme. On ne risquait pas d'en faire autant pour les seconds, car il y avait en eux du mépris. Le dictionnaire le disait clairement, ils ne sont pas d'humeur. Gino était de ceux-là. Un homme sec, dont les mots claquaient, une attitude d'ennui envers le monde, envers ses clients. Un homme blasé de n'avoir jamais rien fait d'autre dans sa vie que des pizzas.

— Tu es en retard, dit Gino. Où t'étais encore fourré ? Tu sais que je veux que tu viennes m'aider dès que tu sors de l'école.

— J'ai obtenu une nouvelle signature ! s'exclama Noah.

— Ta fichue lubie de devenir président ? Commence donc par honorer tes promesses. Tu m'avais promis d'aider à la pizzeria.

— Oui, papa, je suis désolé.

Noah baissa les yeux, disparut dans l'arrière-boutique, où il enfila son tablier et vissa son calot rouge sur la tête. Il revint en cuisine, se lava les mains avant de les enfoncer dans la pâte.

— À partir d'aujourd'hui, je ne tolérerai aucun retard. Je te traiterai comme un employé à part entière. Finies, tes escapades.

Et là, dans le cercle de pâte circulaire qui avait pris forme sous ses doigts et sur lequel il versait à la louche un peu de sauce tomate, il revit l'étonnement du vieux lorsqu'il avait appris que même son père n'avait pas signé la pétition. Et ce sentiment qui l'avait toujours habité, celui de ne pas être le fils de cet immigré italien, venait d'être mis au jour par les paroles mêmes de Gino. Il n'était pas son fils, il n'était qu'un vulgaire employé. Une larme s'échappa de l'œil de Noah et vint s'écraser sur un morceau d'origan, apportant une pointe de sel et de tristesse au mets.

UN VIEUX DE NOUVEAU SEUL

Tel que Jacob l'avait auguré, Noah n'apparut pas les jours suivants. Mais pouvait-on vraiment lui en vouloir ? Il avait eu ce qu'il voulait, sa signature. Et quel intérêt l'enfant aurait-il trouvé à revoir ce vieux schnock ?

Le premier après-midi, il avait regardé le chocolat du donut fondre. Assis à la table du salon, le regard rivé sur l'assiette qu'il réservait à Noah, comme un physicien curieux, il avait suivi de près la transformation du chocolat, qui était passé en quelques instants de l'état solide à l'état liquide. Lorsqu'il avait compris que l'enfant ne viendrait pas, il avait croqué dans le sien, l'avait mastiqué machinalement, ne lui avait pas trouvé plus de goût qu'un morceau de carton. Puis il avait débarrassé la table et s'était de nouveau enfoncé dans le silence.

La même scène s'était répétée le lendemain, puis le surlendemain, jusqu'à ce qu'il comprenne que l'enfant ne reviendrait plus. Que son sourire n'illuminerait plus les ténèbres de cette maison vide, que ses paroles érudites et ses questions ne viendraient plus briser le silence. Noah avait disparu de sa vie comme il y était entré. Comme un éclair. Un coup de tonnerre qui ne ferait pas plus de bruit que le froissement d'un tissu.

Au début, Jacob lui avait trouvé des excuses. L'école, le travail à la pizzeria, les signatures qu'il devait aller chercher dans les autres quartiers. Et puis, petit à petit, il avait dû se rendre à l'évidence. Noah ne revenait pas non parce qu'il était occupé, mais parce qu'il ne le désirait tout simplement pas. Parce qu'il l'avait oublié. Ironie de la vie. C'était lui qui oubliait les choses, mais c'était lui que l'on oubliait.

Alors la vie reprit son cours, paisible, criminelle. Les coups de klaxon du voisin le mardi, les repas seuls, les heures à penser devant un poste de télé éteint, à donner à manger aux deux poissons rouges, qui semblaient plus abattus que lui. Rien à attendre, rien à espérer. Si ce n'est la mort qui, pour certains, vient toujours bien trop tard.

192358

De son côté, Noah souffrait.

Jacob lui manquait terriblement. Il aimait leurs conversations menées au rythme de la dégustation d'un bon donut au chocolat et d'un grand verre de lait. Il était un peu le grand-père qu'il n'avait jamais eu. Le père de Gino était mort depuis quelques années, en Italie. Il ne l'avait guère connu. Une fois, ils s'étaient rendus en Europe, le premier et dernier voyage de Noah en avion, inoubliable. Une semaine à Rome avec ce vieux monsieur qu'il ne comprenait même pas, car il ne parlait qu'italien. Un inconnu pour grand-père. À sa mort, Gino était parti seul pour les funérailles, vendre la maison et régler les papiers. L'enfant était resté à Nashville, chez une amie de son père. Voilà le peu de chose que le mot *grand-père* évoquait pour Noah.

Ainsi, le garçon dut œuvrer d'ingéniosité afin de retourner voir Jacob. Il inventa une histoire de kermesse un samedi matin, tout en sachant pertinemment que son père ne pourrait laisser le restaurant et n'apprendrait jamais la vérité. Ce fut la première fois que Noah mentit à Gino, sans savoir qu'il réalisait là ses premiers pas dans le métier de politicien. Le mensonge et la promesse, généralement non tenue, font partie de la profession dans le cas où ils visent le bien-être des citoyens ou de la personne qui les a proférés. Quoi qu'il en soit, et sans plus de digression, le samedi matin à 10 heures, Noah sonnait à la porte de Jacob.

— Je suis désolé de ne pas être venu avant, mais mon père m'a défendu de revenir.

Et alors qu'il s'attendait à une réprimande du vieux, ce fut une embrassade qui le souleva de terre. Le vieux pleurait.

— Je suis si heureux, mon garçon, dit-il en essuyant ses larmes. Mais… si tu es là, c'est donc que tu as désobéi à ton père. Ce n'est pas bien… mais qu'est-ce que je suis content !

Ils s'assirent à la table du salon, rite immuable s'il en était, et se regardèrent dans les yeux sans trop savoir quoi se dire. Comme si l'absence les avait un peu séparés. Alors, Jacob alla chercher deux assiettes et y déposa deux donuts. Pas de meilleure manière de briser la glace.

À ce moment-là, l'enfant aperçut le tatouage sur l'avant-bras de l'homme, une suite de numéros à l'encre bleue semblable aux inscriptions qu'il avait lui-même l'habitude de se faire sur la paume des mains au stylo.

— Papa dit que ce sont les voyous qui ont des tatouages, affirma Noah.

Le vieillard comprit qu'il faisait allusion à son matricule et rebroussa un peu plus sa manche afin que l'enfant voie bien.

— Ce n'est pas un tatouage quelconque. C'est un numéro de téléphone.

— Un numéro de téléphone ?

— Oui, d'Hannah. Ce sont les Allemands qui me l'ont gravé dans la peau. Tu veux que je te raconte l'histoire ? Elle est un peu longue.

— J'ai le temps, mon père croit que je suis à la kermesse de l'école.

— Il y a une kermesse ? J'adore les kermesses.

— Non, je l'ai inventée. Alors, cette histoire ?

— Tu connais *Le Comte de Monte-Cristo* ?

— Bien sûr, c'est l'un de mes livres préférés.

— Eh bien voilà, on m'a appelé le comte de Monte-Cristo juif…

LE PLAN

À 11 heures le même jour, à plusieurs kilomètres de là, Gino laissait le restaurant entre les mains de Mary, une amie de confiance à qui il avait déjà demandé quelques menus services : ouvrir le restaurant, le fermer lorsqu'un imprévu lui tombait dessus, ce qui n'était pas rare, garder Noah un soir ou deux, voire une semaine lorsque son père était mort et qu'il avait dû se rendre de toute urgence à Rome.

— Je serai là dans deux petites heures. J'ai préparé quelques pizzas. Il suffira que, sans en avoir l'air, tu aiguilles le choix des éventuels clients de manière à ce qu'ils optent pour celles-ci. Cela ne devrait pas te poser de problème.

Mary acquiesça d'un mouvement de tête militaire. Elle avait été vendeuse de voitures, un temps, cela la connaissait, de manipuler les clients, les faire repartir avec une voiture différente de celle pour laquelle ils étaient venus, refiler celle avec le plus mauvais moteur, le plus de kilométrages, en définitive, vendre la plus invendable. Oui, cela la connaissait. Elle enfila le tablier et dressa le couvert sur les tables afin de montrer au patron qu'il pouvait partir tranquille. Gino lui déposa un baiser sur la joue, enleva son calot et passa sa veste.

— Noah sera content de la surprise, lui dit-elle.

L'homme sourit et sortit du restaurant le cœur léger, une pile de cartons carrés sous le bras. Pour peu, on ne l'aurait pas reconnu. Il ne correspondait plus à la définition du dictionnaire du mot *taciturne*, pour une fois dans sa vie, il semblait heureux. Il avait été un peu dur avec son fils, ces derniers jours. Noah était rentré chaque soir à l'heure, s'était démené, alternant devoirs de classe et service en salle. Ce n'était pas rien pour un petit bout d'homme comme lui. Alors, lorsque son garçon lui avait annoncé la kermesse de l'école, Gino avait élaboré son petit plan. Il apparaîtrait dans la cour, quelques pizzas bien chaudes sous le bras, et ferait le régal des enfants et des parents.

Il ouvrit la portière passager, posa les cartons sur le siège, referma et monta dans la voiture. Il se sentait pousser des ailes, il avait la joie de ceux qui savent qu'ils vont rendre quelqu'un heureux.

LE MONTE-CRISTO JUIF

— Dieu, ce que la douche serait bonne. J'en avais rêvé pendant les trois jours qu'a duré le voyage dans le petit wagon à bétail. Oui, Noah, tout un luxe, de pouvoir voyager dans de telles conditions. C'était un voyage original, au moins. Tu as déjà voyagé pendant trois jours debout ?

— Jamais, répondit l'enfant, étonné par l'emphase du vieux.

— Eh bien, tu devrais, c'est une expérience unique.

— Quelquefois, je voyage debout dans le métro, mais pas pendant trois jours…

— Voilà, trois jours, ce n'est pas la même chose. C'est pourquoi ce voyage était exceptionnel. Je ne vais pas te dire que tout était rose, non. On devait être une cinquantaine, on n'avait ni à manger ni à boire, et c'était difficile, mais bon, les Allemands nous avaient promis un festin en arrivant. Du poulet avec des pâtes à la sauce tomate. Tu aimes ?

— J'adore !

— Eh bien voilà le menu qu'ils nous avaient annoncé. Ils nous avaient dit : « Bon, le voyage est un peu long, mais cela vaut la peine. Vous aurez du poulet avec des pâtes à la sauce tomate en arrivant, autant que vous voulez, et des desserts, à volonté aussi. »

— Des desserts à volonté ? répéta Noah, bouche bée.

— Une montagne de desserts. Avec moi voyageaient un petit garçon et une petite fille. Pendant le trajet, nous nous sommes amusés à dresser la liste des desserts qui pourraient nous attendre. J'en avais l'eau à la bouche. Des beignets, des îles flottantes, des tartes à tout ce que tu peux imaginer. Tartes aux fraises, aux poires, à la rhubarbe, des bonbons…

Les yeux du petit garçon menaçaient de sortir de leurs orbites à tout moment.

— Mais avant de manger, il fallait être propre. Voilà pourquoi, en arrivant, on nous promettait une bonne douche. Et je peux te dire que cela n'allait pas être du luxe. Ça sentait le fauve, dans le wagon. Pour le coup, le wagon à bétail était justifié !

Le vieux sourit.

— Et vous aviez une faim de loup, aussi ! s'exclama le garçon pour suivre l'homme dans sa plaisanterie.

— On nous a fait descendre du train et on nous a séparés. Les Allemands sont très prudes, tu comprends. Il aurait été indécent que les hommes prennent la douche avec les femmes. Ils ont fait des groupes. Les jeunes d'un côté, les vieux de l'autre. Là, comme tu me vois, je suis un vieillard, mais à cette époque, j'avais vingt-huit ans, j'avais encore des cheveux et des muscles, et un sourire ravageur. C'est ce qui m'a sauvé la vie, je crois. Parce que les vieux, on ne les a plus revus. Ils ont dû les mettre dans une maison de retraite à jouer aux cartes et au Scrabble toute la journée. Quelle horreur !

Noah éclata de rire.

— « Posez vos vêtements ici », a dit le soldat allemand qui nous avait demandé quelques minutes plus tôt de nous déshabiller, « vous les reprendrez en sortant ». Les Allemands étaient aux petits soins pour nous. J'ai déboutonné ma chemise avec une fureur telle que je l'ai presque entièrement arrachée. Mais tu comprends, j'imaginais déjà le poulet avec les pâtes à la sauce tomate.

— Et les desserts.

— Et les desserts, oui. Je peux te dire que j'ai été le premier à filer sous la douche. Mais l'eau ne coulait pas. Ils attendaient sûrement que tout le monde soit là pour ouvrir les canalisations. Les Allemands sont économes. Des précurseurs de l'écologie. Il y avait un juif qui ne devait pas trop aimer les douches, parce qu'il retirait sa chemise avec une lenteur extrême, avant de la plier sur un banc d'école et il a fait pareil avec son pantalon. Autour de lui, certains avaient déjà terminé et patientaient comme des enfants sages, les mains soigneusement posées sur leur nudité. Et moi donc, qui voulais lui hurler qu'il aille plus vite, que j'avais faim ! « Entrez, messieurs, s'il vous plaît », a dit l'Allemand. Sa voix restait courtoise mais se faisait plus pressante. L'autre a joué quelques secondes avec les boutons de son pantalon puis, nous voyant déjà nus, l'a baissé jusqu'aux chevilles et s'est assis afin d'enlever ses chaussures. Il est demeuré un court instant en slip. Il n'était pas le seul à ressentir cet embarras. Une fois que tout le monde était là, ils ont fermé la porte.

— Et l'eau a coulé, compléta Noah.

— Eh bien non, tu ne vas pas me croire. Il a dû y avoir un problème de tuyauterie, tu sais, ça arrive. Les locaux étaient assez vétustes, tu comprends ce mot ? Vieux, et pas en bon état. Il n'y avait plus d'eau ! Je peux te dire que ça en a ravi plus d'un. Dont celui qui avait mis autant de temps à se déshabiller. Un vrai chat. Il y a des gens qui ne supportent pas une goutte d'eau sur leur peau. Tu aimes les douches, toi ?

— Pas trop. Mais papa m'oblige.

— Il a raison. Il faut être propre, cela prévient des maladies. Mais bon, je suis pareil que toi, je ne me douche que parce que je m'y oblige, parce que c'est bon pour la santé, mais je n'aime pas. C'est comme les légumes, j'en mange parce que c'est sain, mais si je m'écoutais, je ne mangerais que des bonbons.

— Moi aussi ! hurla l'enfant, qui se disait de plus en plus que le vieux était comme lui.

— Bref, il n'y avait plus d'eau. On se regardait tous, déconcertés, on avait oublié qu'on était nus et on avait retiré nos mains de nos parties à la recherche d'un pressoir sur le mur qui actionnerait les douches. On scrutait, on tâtonnait, mais impossible de trouver les robinets. Comme dans les hôtels modernes où on ne comprend pas comment marche la douche. Au bout de quelques minutes, on a entendu un bruit, mais il ne venait pas des canalisations et l'eau ne sortait toujours pas. Et c'est à ce moment-là que s'est produite une chose horrible…

LA KERMESSE

Gino avait facilement trouvé une place pour se garer aux abords de l'école. Cela l'avait étonné, d'ailleurs. Il s'attendait à trouver l'endroit embouteillé.

Il descendit de sa voiture, cala sa pile de cartons de pizza sous le bras et avança d'un air triomphant vers l'école. Ah, la tête que fera Noah en me voyant, se disait-il. Lorsqu'il se trouva devant la grille close, il s'interrogea. N'auraient-ils pas dû la laisser ouverte afin que les parents puissent entrer et sortir de l'établissement à leur guise ? Il devait s'agir d'une mesure de sécurité. La dernière chose que l'on désirait était qu'un fou débarque dans l'école, une arme au poing, bien déterminé à faire un carnage. Le journal télévisé était plein de ce genre d'actualité. La grande facilité avec laquelle on pouvait se procurer une arme aux États-Unis afin de se défendre permettait aux voyous de s'armer pour les attaquer. C'était le serpent qui se mordait la queue. Et cela semblait ne pas avoir de fin.

Où se trouvaient donc tous les parents ? Aucun mouvement, personne sur les trottoirs, l'image d'un collège le samedi matin, fermé, silencieux, paisible. Tout cela n'allait pas avec le concept de kermesse que Gino s'imaginait. Une kermesse était une fête. Il devait y avoir du bruit, du passage, de l'ambiance. Il se sentit ridicule, soudain, avec ses pizzas sous le bras. Ses pizzas qui seraient bientôt froides.

Il actionna la poignée du portail de l'établissement de sa main libre, mais il ne s'ouvrit pas. Il chercha une sonnette, la trouva, appuya dessus et attendit.

Un homme sortit du grand bâtiment gris quelques minutes plus tard et vint à sa rencontre.

— Bonjour, je suis le papa de Noah D'Amico. Par où faut-il entrer pour la kermesse ?

— La kermesse ? Quelle kermesse ?

— Eh bien… je… Mon fils est à la kermesse de l'école. J'ai apporté quelques pizzas.

— Y a pas de kermesse, répondit l'homme d'un ton exaspéré. Encore un père qui s'est fait avoir par les bobards de son fils, on dirait. Vous êtes pas le premier et vous serez pas le dernier.

Cela dit, il haussa les épaules, tourna les talons et regagna le bâtiment. Gino le regarda disparaître, incrédule, muet, le visage aussi rouge que la sauce de ses pizzas.

LE MONTE-CRISTO JUIF (2)

— Quelle chose horrible ?

— Eh bien, je me suis dit que les tuyauteries n'avaient pas dû être lavées depuis longtemps parce que, à défaut de propulser de l'eau, elles ont commencé à projeter du gaz sur nous.

— Du gaz ?

— Oui, du gaz, tu te rends compte ! Ou quelque chose comme ça. Quoi que ce soit, on n'arrivait plus à respirer. On s'asphyxiait. Il y en a qui sont aussitôt tombés dans les pommes. Moi, j'ai résisté un peu plus. Ça ne devait pas être la première fois que cela arrivait car là, sur le mur gris, s'étendaient les traces sanglantes d'ongles humains qui avaient tenté d'arracher le ciment.

— Quelle horreur !

— Oui, et les Allemands qui ne savaient pas, qui ne nous entendaient pas les appeler, crier, qui pensaient que l'on prenait tranquillement une bonne douche ! Mais comment auraient-ils pu nous entendre, les murs étaient trop épais. On toussait, on crachait nos poumons, les gens s'effondraient les uns après les autres, comme des dominos. L'air est devenu très vite irrespirable. C'était comme un feu qui entre dans ta bouche, te brûle la gorge puis la poitrine, envahissant tout en toi, réduisant chacun de tes organes en cendres.

— Qu'as-tu fait ?

— Eh bien, mon instinct de survie m'a poussé à me coucher au sol pour m'éloigner le plus possible de ce gaz toxique qui déchirait nos entrailles. J'ai placé ma main devant ma bouche et mon nez à la manière d'un filtre. Je savais ce qu'il fallait faire en cas d'incendie. Tu sais que pendant les incendies, les gens meurent plus de la fumée que des flammes ? Alors, mon esprit a commencé à traiter les informations qu'il captait, la machinerie humaine au service du corps, au service de la survie de l'espèce. Aucune échappatoire, ai-je conclu après avoir lancé des regards dans toutes les directions. Pas de fenêtre, aucune ouverture dans les murs si ce n'était cette trappe au plafond mais qui demeurait inaccessible. La seule manière de sortir de cet enfer était de le faire par où j'étais entré. Par la porte. Autour de moi, on hurlait, on tombait, on mourait. Les plus costauds donnaient de grands coups d'épaule contre la porte en bois, mettant tout leur espoir et leur force à vouloir la renverser, en vain. Lorsqu'ils se sont rendu compte, épuisés, qu'elle ne céderait jamais, ils ont baissé les bras et se sont calfeutrés, haletants, dans un coin. On pleurait, on priait, on implorait les Allemands à travers la cloison. Le vacarme était assourdissant, angoissant, intenable. C'était la mort que l'on entendait se manifester. Réunissant toutes mes forces, je me suis rapproché de la porte en rampant. J'avais remarqué qu'entre le sol et sa partie inférieure il y avait presque un centimètre de jour. Ce petit centimètre de vie dans un paysage de douleur et de mort. J'y ai collé ma bouche, j'ai essayé de m'y tenir, car au-dessus de moi, les corps pleuvaient, on tombait sur mon dos, on s'effondrait sur mes épaules, sur mes jambes, sur ma tête. Et pendant quelques instants, j'ai bien cru que j'allais mourir non à cause du poison, mais par écrasement. Mon cœur tapait fort dans ma poitrine et je devais faire un effort surhumain pour respirer calmement, absorber l'air pur qui glissait sur mon visage, par le chambranle, en petites goulées. J'ai poussé vers le haut avec mes mains afin de me dégager quelques secondes de la pression de ces corps qui me plaquaient au sol. Puis je me suis de nouveau collé à terre et j'ai attendu, avalant ces gouttes d'air et de vie qui passaient sous la porte. Les minutes semblèrent des heures. Une éternité. Puis le silence glacial a envahi la salle. Plus de pleurs ni de toux, plus de cris d'effroi. Le silence, peut-être plus oppressant encore que les cris d'horreur. Le silence béat de la mort.

DÉCEPTION

Gino revint au restaurant et trouva Mary dans la cuisine.

— Alors, Noah était content de te voir ?

— Très, mentit l'Italien, qui ne souhaitait pas donner d'explications.

Mary retira son tablier, souriante, informa le patron des commandes. Elle les avait incités à prendre les pizzas que lui avait laissées Gino tout en leur faisant croire qu'ils les avaient choisies de leur propre chef. Un véritable coup de force.

— Parfait, parfait, dit Gino, qui avait retrouvé sa mine taciturne.

Puis il fila dans l'arrière-boutique à la recherche d'un cageot de tomates qu'il commença à éplucher.

Seul dans la cuisine, le couteau valsant sur la peau rouge du fruit, il étouffait sa rage en tapant du pied au rythme d'un rock endiablé. Tu ne perds rien pour attendre, Noah, crois-moi, je vais te passer l'envie de mentir à ton père !

Disant cela, le couteau dérapa et lui entama le doigt. Il poussa un juron en italien que l'on entendit dans tout le restaurant. Les clients, pensant que cela faisait partie du folklore, sourirent sous leur serviette. Ces pizzas étaient excellentes.

LE MONTE-CRISTO JUIF (3)

— C'est en ouvrant les yeux que j'ai pris conscience que j'étais encore vivant. Je m'étais évanoui, mais j'étais vivant. J'ai senti mon corps se traîner tout seul sur le sol comme un paillasson que l'on pousse et j'ai compris que les Allemands étaient en train d'ouvrir la porte à laquelle j'étais collé. Ils durent s'y mettre à plusieurs, car les cadavres des prisonniers s'étaient amoncelés derrière elle, dans une dernière tentative de sortie. Les soldats ont dû être surpris en voyant cette horreur, alors qu'ils voulaient juste que l'on prenne une bonne douche bien méritée après ce long voyage. J'ai entendu les nazis gueuler derrière et pousser. Des corps glissaient sur moi et tombaient sur le sol, lourds, sans vie.

— Quand ils ont vu que tu étais vivant, ils ont dû être contents.

— J'ai fait le mort, Noah.

— Pourquoi ?

— Eh bien, parce que sinon, ils m'auraient renvoyé à la douche, pardi ! Et là, je n'en avais vraiment plus envie. Enfin, du moins avant qu'ils ne la réparent. Je me suis laissé traîner sans aider à la manœuvre. Sans résister non plus. Et j'ai senti l'air non vicié de l'extérieur envahir la pièce. J'ai dû me contrôler pour ne pas tout avaler d'un coup ni tousser, continuer d'aspirer d'infimes larmes d'air pur. Tout en faisant le mort. Comme dans un jeu. Quelle surprise je leur ferais plus tard. Bouh !

Noah recula, surpris par l'exclamation de Jacob.

— On m'a pris par les bras et les jambes et on m'a sorti de là comme un sac de pommes de terre. À travers mes cils, j'ai deviné la lumière du jour qui se couchait. J'ai vu des chiens méchants tenus en laisse. Ils avaient l'air affamés, eux aussi. Ils avaient l'air d'attendre le bon repas que nous réservaient les Allemands. Et tu vois, même si je savais que tous mes camarades étaient morts et que j'allais pouvoir manger les desserts de tout le monde, eh bien, j'étais très triste. J'aurais préféré avoir moins à manger mais pouvoir bavarder avec un juif. J'avais plus à partager qu'avec un Allemand. Les deux soldats qui me portaient se sont arrêtés et ils m'ont balancé. *Eins, zwei, drei.* Je me suis senti voler. Puis j'ai atterri avec fracas sur un matelas d'hommes. Une puanteur indicible a envahi mes narines, mais aussi la joie d'être toujours en vie. Tu te rends compte, ils étaient tous morts sauf moi. Les nazis étaient tristes, j'en suis sûr, parce qu'aucun de nous ne pourrait se joindre à leur bon repas. Un moteur a démarré et j'ai compris que j'étais sur la remorque d'un camion. Le voyage a duré quelques minutes. Couché, comme ça, c'était plus agréable que le voyage en train debout. Ensuite, je me suis senti levé de terre et on m'a de nouveau jeté. J'ai volé comme un oiseau. Ce n'est que lorsque les militaires sont repartis que j'ai vu l'ampleur de l'horreur. Autour de moi, il y avait des hommes, mais aussi des femmes, des enfants, des vieillards. J'ai compris qu'ils avaient tous voulu prendre une bonne douche, tout comme moi, et que ces maudites canalisations leur avaient balancé du gaz à eux aussi. J'étais au milieu d'une fosse commune remplie de cadavres nus et décharnés, et je me suis senti tellement seul...

LE MONTE-CRISTO JUIF (4)

— Il ne faut pas en vouloir aux Allemands, mon garçon. Leur plomberie était une catastrophe. Ils se sont rattrapés depuis. Ils construisent de bonnes voitures, maintenant. Et sont à la pointe de la technologie. Mais à cette époque-là…

— Qu'est-ce qui est arrivé ensuite ?

— Dans la nuit qui venait de tomber, je suis devenu invisible. Je me suis faufilé comme un fantôme dans le camp à la recherche de la cantine. J'en avais marre, de jouer, de faire le mort, et je voulais dîner. Peu m'importait qu'ils me renvoient à la douche avant. De toute façon, ils avaient bien vu qu'elles ne fonctionnaient pas. Jamais ils n'auraient pris le risque de m'y remettre. J'ai pensé, dans un premier temps, aller me plaindre devant l'officier du camp. Trois jours dans un wagon à bétail et voilà comment on nous recevait ? Avec des douches qui ne marchent pas et du vent en guise de souper ! Si j'avais su cela avant, jamais je ne serais venu. L'aboiement d'un chien m'a arraché à mes pensées et j'ai bientôt vu débarquer devant moi deux soldats. Tu parles comme ils étaient contents de me voir ! « On croyait que vous étiez tous morts,

101

m'ont-ils dit. Il faut absolument que l'officier voie ça ! » Je leur ai répondu que cela tombait bien, que j'avais deux, trois choses à lui dire, à l'officier, en commençant par l'état insalubre de leurs douches et l'état vétuste de leurs trains de convoi. Après m'avoir donné des vêtements, on m'a emmené dans un somptueux salon où dînait une petite famille. Les enfants ont fait la grimace en me voyant. Tu m'étonnes, je devais être très sale. Devine ce qu'ils mangeaient.

— Du poulet avec des pâtes à la sauce tomate ?

— Exact ! Ils ont tout de suite apporté une assiette pour moi et m'ont fait asseoir à leur table. L'officier, un certain Fritz Heinz, retiens bien ce nom, m'a demandé d'où je sortais. « De la douche ! » je lui ai répondu, et on a bien rigolé. Je lui ai conseillé de la faire réparer rapidement. On s'est un peu raconté nos vies, enfin, surtout moi, et puis on m'a conduit à un baraquement pour dormir. J'étais seul, mais on m'a informé qu'un nouveau train arriverait le lendemain avec plein de gens comme moi. Effectivement, le lendemain, vers 10 heures, plein de juifs sont arrivés. Et c'est là que j'ai vu Hannah. À travers un grillage. Tu te souviens ? Ils séparaient les hommes des femmes pour des questions de pudeur. Autant te dire que j'en suis tombé tout de suite amoureux. Un vrai coup de foudre. Elle était si belle que la voir m'a réchauffé avec la puissance d'un véritable soleil. Il faisait si froid, là-bas. C'était peut-être le plus terrible. Quand je leur ai demandé le téléphone de la jeune fille, les Allemands ont été assez gentils pour me le tatouer sur le bras, afin que je ne l'oublie pas. 192358. Je l'ai appelée tous les soirs après le travail. Comme j'étais fort, on me faisait porter des sacs dont j'ignorais le contenu. Je travaillais à l'imprimerie, nous faisions des tracts de propagande nazie. J'imprimais le règlement des camps, aussi. Il était très dur. Je me souviens de l'article 8. « Est condamné aux arrêts de rigueur de quatorze jours et à vingt-cinq coups celui qui, sans autorisation, mangera une île flottante. » Ou le 12 : « Celui qui siffle pendant une marche ou pendant le travail, ricane ou parle sera privé de dessert. » Moi, j'avais un traitement de faveur, pour avoir survécu au dysfonctionnement des douches et pour en avoir parlé avec l'officier en lui conseillant de meilleures installations. Mais j'ai commencé à vouloir rentrer chez moi. Avec Hannah, vivre l'amour. La guerre, ce n'était pas pour moi.

— La guerre, c'est pour personne.

— Tu as raison, mon garçon. Et c'est là que j'ai pensé à mon plan de fuite. Tel Jason sortant du ventre de la baleine, ou le nouveau Monte-Cristo quittant la prison sur l'île d'If, j'étais sorti de la salle des douches en vie et il me semblait que partir de cet endroit serait encore plus simple. J'ai commencé à creuser un trou pour aller récupérer Hannah. Un trou qui passait sous le grillage qui nous séparait et que je creusais avec une cuillère en bois que j'avais volée au réfectoire. Je n'étais pas très épais à l'époque, fort mais mince, et il ne m'a pas fallu plus de vingt minutes pour creuser la terre sous le grillage et rejoindre le coin des filles, beaucoup moins surveillé que celui des hommes. De son côté, comme je le lui avais dit au téléphone, elle avait volé des vêtements féminins et je me suis travesti. Ça m'allait plutôt bien. J'avais étudié mon coup. L'infirmerie des femmes avait une fenêtre qui donnait sur l'extérieur. J'avais gardé un peu de poulet à la sauce tomate du jour précédent et je m'en suis enduit la robe au niveau de l'entrejambe, puis j'ai hurlé. Deux soldats sont apparus, ont vu l'ampleur des dégâts et m'ont tout de suite emmené à l'infirmerie, accompagné d'Hannah. Ils nous ont laissés seuls avec l'infirmière. Il m'a été assez facile de la neutraliser. Puis nous avons sauté par la fenêtre et avons couru vers la route qui bordait le bois. Un véritable signe du destin. Un Polonais passait en camion dans le coin et nous lui avons fait signe de s'arrêter. Voilà comment je me suis échappé d'Auschwitz… Un jour, je te raconterai comment j'ai rencontré Hitler pour lui parler de ses problèmes de fuite de gaz dans les douches.

— Quelle histoire !

— Oui, mon garçon, et tout cela pour t'expliquer l'origine de ce tatouage.

Noah hocha la tête, visiblement impressionné par l'histoire que Jacob venait de lui raconter.

— Et comment tu as parlé à Hitler ?

— En allemand, pardi !

— Tu parles allemand ?

— Parfaitement, oui, et le yiddish aussi.

— Qu'est-ce que c'est ?

— Un mélange d'hébreu et d'allemand.

— Pourquoi tu n'as pas effacé le numéro de téléphone d'Hannah quand vous avez été ensemble ? demanda le garçon en indiquant les chiffres gravés à l'encre bleue sur l'avant-bras de Jacob. On peut faire partir les tatouages, maintenant.

Mais avant que le vieux n'ouvre la bouche, Noah avait déjà deviné la réponse. Pour ne pas oublier, bien sûr.

LE COUP

— Bon, ce ne seront pas toutes ces histoires que je te raconte et le temps que je te fais perdre qui te donneront des signatures, mon garçon, s'excusa Jacob.

Alerté par un bruit venant de l'extérieur, il s'était levé et avait regardé un instant par la fenêtre. On sentait bien que, même s'il scrutait la rue – à la recherche de quoi, seul lui le savait –, il n'était déjà plus là. Il semblait perdu dans ses pensées, dans son passé.

— À vingt-huit ans, je travaillais comme apprenti imprimeur dans une presse en Allemagne. Je ne sais pas si je te l'ai déjà dit. Je ne sais plus ce que je te dis ou ce que je ne te dis pas. Il y a tellement de choses que je dois cacher de mon passé. Les souvenirs s'emmêlent. Bref, je falsifiais des documents. J'étais un génie, à ce qu'on disait. On m'appelait même le Léonard de Vinci de la fraude documentaire.

Le vieux tira une carte d'identité de son portefeuille et lui expliqua toutes les techniques.

— Tu vois, il y a le *look alike*, c'est quand on utilise un vrai passeport volé à une personne qui nous ressemble physiquement. Il y a le contrefait, c'est-à-dire que l'on fabrique tout le document de A à Z. Il y a le falsifié, c'est quand on prend un vrai document et on change juste quelques informations dessus, un nom ou la photo d'identité. C'est le plus dangereux. Il faut être un expert pour que cela ne se voie pas.

Le vieux lui décrivait aussi les types d'impression. À la machine à écrire, à aiguilles. C'était un monde passionnant. Plein de couleurs, de magie.

— Mais le moment le plus gratifiant, c'est quand une personne passe une frontière ou un contrôle avec ton document et qu'il n'est pas inquiété. Alors tu sais que tu n'as pas travaillé pour rien. Et avec moi, ils n'étaient jamais inquiétés. C'était ma fierté. Du bon boulot. J'en ai sauvé, des familles.

— C'est bien, que tu aies fait tout cela. Tu as permis à des clandestins de passer des frontières pour retrouver leur famille, trouver du travail. Il ne devrait pas exister de frontières, le monde devrait être à tout le monde. Si nous étions tous aussi mélangés, il n'y aurait pas autant de racisme. On saurait vivre ensemble depuis longtemps, avec nos différences, nos religions, nos prises de position, nos coutumes. Le monde serait cosmopolite. Le monde serait plein de bonnes personnes. Comme toi.

Le vieux baissa la tête.

— Tu sais, Noah, nous avons tous notre part d'ombre…

LE GRAND SECRET

— J'ai aidé des gens à s'enfuir. C'était à la fin de la guerre. Il ne restait plus grand-chose pour que les Alliés gagnent la partie. Les Allemands le sentaient. Pas mal de monde commençait à connaître ces fameux camps de concentration, qui avaient toujours été tenus secrets. Du moins, les Allemands ne disaient pas ce qu'il s'y passait réellement. Tu te souviens des problèmes de douches ? Eh bien, en réalité, ça continuait. Les Allemands ne savaient pas comment les réparer et, sans le vouloir, ils ont tué encore plein de gens. Cela confirmait en tout cas les doutes de toutes ces personnes qui voyaient leur famille déportée et qui ne revenait jamais. On ne revient jamais de la mort, c'est un fait. C'était la fin, et j'ai quand même pu aider. J'étais jeune, mais j'étais un expert en ma matière, la falsification de documents, alors, sans trop me poser de questions, j'ai aidé des gens à fuir. À fuir l'Europe, à reprendre leur vie loin de tout, pour ne pas mourir, loin des atrocités de cette guerre qui finissait. Ils faisaient peine à voir. C'étaient des hommes et des femmes comme les autres. Alors j'ai essayé d'en sauver le maximum. On les arrêtait, on les tuait, quelquefois sans jugement. C'étaient des hommes, comme toi et moi. Méritaient-ils le sort qu'on leur réservait ? C'était facile, de les aider. Et j'avais l'impression de faire quelque chose de bien. Je falsifiais des passeports, quelques documents pour qu'ils puissent prendre l'avion, le bateau, pour qu'ils puissent vivre. J'étais jeune, dépassé par les événements, tout allait si vite. On a du bon et du mauvais en chacun de nous. Et il faut apprendre à vivre avec. Même si c'est dur. Chaque jour j'y pense, Noah. Et ça aussi, je l'ai écrit dans mes cahiers. Pour ne jamais oublier. Tu m'entends ? Jamais. Bon, mais assez parlé de moi. Parlons de toi. Je t'ai préparé une surprise, Noah. Cela a à voir avec tes signatures.

Cela faisait longtemps qu'ils ne parlaient plus de ce thème-là, c'était pourtant l'origine de leur relation, les fondations de leur amitié. Ils s'étaient connus parce qu'un jour un enfant avait sonné à la porte d'un vieux pour lui demander une signature sur un petit bout de papier.

— Tu veux toujours devenir président, n'est-ce pas ?

— Plus que jamais ! s'exclama le garçon.

— Eh bien, tu vas voir…

UNE IDÉE FOLLE

Jacob expliqua à Noah qu'il avait passé du temps à réfléchir à ce cadeau. Sans même savoir si l'enfant reviendrait un jour le voir. C'était le risque. Mais cette surprise l'avait fait vivre, lui, tout ce temps-là, l'envie de faire plaisir à quelqu'un, le délice de voir la joie dans les yeux de Noah. Le vieux avait posé une chemise en carton sur la table et l'enfant n'en avait pas détourné le regard une seule minute.

— Je vais te donner ce que j'ai pour toi, mon garçon, mais pourrais-tu d'abord appuyer sur ce bouton ?

Jacob désignait le micro-ondes.

Noah pensa que le vieux était vraiment vieux. Qu'il ne pouvait même plus appuyer sur un petit bouton.

— Tu n'as plus de forces ?

— Oh, non, c'est qu'aujourd'hui, c'est samedi.

— Ah...

L'enfant ne comprit pas trop le rapport.

— Et alors ? reprit-il.

— C'est *shabbat*. Je ne peux pas toucher d'appareils électriques. C'est comme ça. Allez, appuie sur le bouton, veux-tu. Je ne veux pas manger froid.

L'enfant s'exécuta. En quelques minutes, les petits pois furent réchauffés et Jacob sortit l'assiette du micro-ondes. Il vint la déposer sur la table.

— Je ne te propose pas de manger avec moi. J'imagine que ton père t'aura préparé un bon repas.

Noah n'osa pas redire que son père le croyait à la kermesse de l'école, afin de s'éviter un reproche du vieux, qui aurait pu mal le prendre.

— Alors, tu ne l'ouvres pas ?

Noah écarta les élastiques de la chemise. Lorsqu'il en vit le contenu, il resta sans voix.

Devant lui s'étalait un document officiel avec des noms, des adresses à perte de vue. Il le feuilleta de la pulpe du gros pouce, entraperçut des signatures, des centaines de signatures, des milliers de signatures, un océan de signatures.

— Il y en a cinquante mille, asséna Jacob.

— Mais, comment as-tu fait ?

— Tu te rappelles ? demanda le vieux. Le Léonard de Vinci de la fraude documentaire...

Et il cligna de l'œil.

LE VIEUX QUI AVAIT PEUR DE LA GUERRE

Il avait pris l'annuaire téléphonique, recopié noms et adresses, inventé des signatures pour la plupart, imité celles qu'il connaissait déjà. Un travail colossal. Des centaines d'heures passées à se crever les yeux sur le papier, à former des lettres, les crampes aux poignets, réveillant son arthrite, mais le bonheur de savoir qu'il rendrait l'enfant heureux. Ce ne serait peut-être pas assez pour tromper l'analyse poussée d'un fonctionnaire zélé, mais bien assez pour faire naître l'espoir dans l'esprit de Noah, lui montrer que rien n'était impossible, qu'il suffisait de vouloir les choses pour qu'elles existent. C'était un mensonge, oui, une supercherie, mais les étoiles qu'il provoquerait dans les yeux du garçon en valaient la peine. Le rêve n'avait pas de prix.

— Et maintenant ? dit l'enfant, dépassé par les événements.

Il semblait ne jamais avoir envisagé de pouvoir réunir les signatures auxquelles il aspirait, ne jamais avoir pensé à ce qui viendrait ensuite, ne jamais avoir cru qu'il puisse réellement se présenter à l'élection. Et maintenant que cela arrivait, il ne savait quoi dire,

111

quoi faire. Mais Noah était un enfant aux ressources inépuisables, et la surprise, la confusion ne durèrent qu'un instant. Il sourit, explosa de rire et de joie et sauta au cou du vieil homme, qui mettait en bouche une cuillérée de petits pois qui finirent par tomber, rouler sur la table et achever leur course entre les fibres du tapis. Jacob se laissa assaillir, heureux lui aussi. Et quiconque serait passé à ce moment-là aurait cru surprendre un grand-père et son petit-fils dans la plus tendre, la plus merveilleuse expression de leur amour.

La scène fut interrompue par la sonnette de la porte.

Le vieux sursauta. Son air redevint sérieux, craintif. Cela n'avait pas échappé à Noah, que le vieux sursautait chaque fois qu'il y avait un bruit dans la rue.

— Ça me rappelle la guerre, dit-il pour se justifier lorsqu'il revint au salon. Toujours sur le qui-vive… Bon, ce n'était rien, des démarcheurs. Ils veulent te vendre tout et n'importe quoi.

Mais Noah sut qu'il mentait. Parce qu'il avait entendu la conversation depuis le salon. Il s'était approché de la fenêtre qui donnait sur le seuil de la maison et avait vu les deux types. Deux hommes habillés de noir. « Tu n'as pas honte ? avaient-ils dit en désignant la *mezouzah* sur le cadre de la porte. Barre-toi de ce quartier ! La prochaine fois, on sera plus violents que ça ! » Et Jacob était revenu au salon l'air insouciant alors qu'à l'intérieur il devait bouillir de rage. Noah admirait son courage, son abnégation, le souhait de préserver l'enfant de la méchanceté des adultes. Par respect, il ne demandait rien, ne laissait pas voir à Jacob qu'il savait, qu'il avait compris.

Quand je serai président, tout cela n'arrivera plus ! pensa Noah. Le jour viendrait peut-être plus tôt que prévu, se dit le garçon en reposant son regard sur la chemise cartonnée et les cinquante mille signatures.

UNE NOUVELLE PIZZA AUX LARMES

— Alors, cette kermesse ? demanda Gino en voyant son fils entrer dans la cuisine.

— C'était très bien, je…

L'enfant n'eut pas le temps de répondre : la main de son père, une véritable pelle à pizza, s'écrasa sur sa joue de tout son poids. Le visage de Noah devint écarlate, les larmes lui montèrent aux yeux, il regarda, dévasté et incrédule, son père. Ce n'était pas la première fois qu'il lui mettait une gifle. Gino n'avait d'ailleurs que ce type de réflexe. C'était un homme emporté, impétueux, qui frappait avant de raisonner. Une claque, cela n'allait jamais plus loin. Même si c'était déjà beaucoup. Il s'excusait ensuite.

Face au regard lourd de reproches de son fils, l'homme crut bon de justifier son geste. Il posa son torchon sur son épaule et pointa un index accusateur vers Noah afin de bien lui faire comprendre que cette gifle, il l'avait méritée.

— Je suis passé te voir à l'école. Tu t'es bien foutu de moi. Je voulais te faire une surprise. J'avais même apporté des pizzas. Où t'étais, graine de menteur ?

Noah passa sa main sur sa joue cuisante. Il sentait le sang tambouriner la chair au rythme des battements de son cœur.

— Je suis allé recueillir des signatures.

Nouvelle claque, sur l'autre joue. L'impact fit reculer l'enfant d'un mètre. Un recul physique et moral. Chaque claque l'éloignait plus de son père. Une phrase virevoltait dans son esprit. « La violence est la force des faibles. » Son père était le plus faible des hommes.

— C'est vrai, je te jure ! Regarde !

L'enfant tendit la chemise cartonnée à son père, qui la lui arracha presque des mains. Il l'ouvrit, jeta un coup d'œil incrédule sur toutes ces pages noircies de noms, d'adresses et de signatures.

— Qu'est-ce que c'est que ça ?

— Eh bien, les signatures.

— Je veux dire, comment as-tu pu avoir toutes ces signatures ? Il y en a combien ? Mille ?

— Cinquante mille.

Les yeux de l'homme s'ouvrirent, aussi grands que ses pizzas.

— Je n'y crois pas, lui dit-il. C'est toi qui les as faites.

Mais il ne reconnaissait pas l'écriture de son fils et le savait bien trop honnête pour avoir falsifié le document.

— J'ai un nouvel ami.

— Un nouvel ami ? répéta Gino en fronçant les sourcils.

Il détourna le regard de la chemise. Un ami ? Cela l'étonna. Noah n'avait pas d'amis. C'était un enfant solitaire qui passait son temps à lire dans sa chambre. Pas qu'il ne fût pas sociable, mais il préférait s'occuper de ses affaires plutôt que d'aller jouer, comme tous les gosses de son âge. C'est ce que Gino ne supportait plus. Que ce gosse soit plus intelligent que lui, qu'il n'ait pas les mêmes centres d'intérêt, qu'il soit à ce point différent de lui lorsqu'il était enfant. Gino avait toujours été un enfant agité, dernier élève à l'école, premier dans la cour de récréation.

— Un vieux monsieur qui habite dans le quartier voisin. Il est seul, alors je lui tiens compagnie, on mange des donuts ensemble.

Cela ne plut pas du tout au père.

— Et vous faites quoi encore ensemble ? demanda Gino, furieux.

— On parle.

— De quoi ?

— Il me raconte des histoires. Son passé. Les juifs.

— Les juifs ?

— Il est juif.

— Un juif ? Il ne manquait plus que ça ! Nous sommes des catholiques, Noah, et nous ne nous mêlons pas aux juifs. Enfin, bon, ça aurait pu être pire. Il aurait pu être musulman.

Gino reprit le torchon qui pendait sur son épaule, s'essuya les mains et retourna au fourneau. Il attrapa le long manche de la pelle, le glissa à l'intérieur et en retira une belle pizza dorée. Puis, sans dire un mot, il sortit le paquet de feuilles de la chemise cartonnée et les lança d'un geste brusque à l'intérieur du four brûlant. Le papier se raidit, devint orange puis noir devant les yeux horrifiés de Noah, qui voyait son rêve partir en fumée.

— Je te défends de retourner le voir, Noah, tu m'entends ? Sinon, j'irai le trouver, ce vieux pervers, et lui dire ce que je pense !

L'HOMME DANS LE MIROIR

Il suffit de peu pour que la mémoire, d'alliée, devienne notre pire ennemie. Solide, le souvenir devient de plus en plus flou, impalpable. Il se faufile au travers de notre esprit comme du sable entre nos doigts. Il est impossible de le retenir. Il s'en va, irrémédiablement. Plus ou moins vite, mais il nous quitte, comme un compagnon de longue date qui ne veut plus de nous. Notre imagination comble les trous, car la nature a horreur du vide, c'est un principe élémentaire de physique, et vient alors le drame. Nous ne savons plus si nous avons rêvé ou vécu les bribes de souvenirs qui demeurent en nous.

Jacob en était là.

Il pensait sans cesse à son passé. Lorsqu'il avait un doute, il consultait ses cahiers, tout en sachant qu'un jour il aurait tant perdu la mémoire qu'il ne se souviendrait même plus d'eux. Ce serait alors la fin.

Il commença à se demander s'il avait rêvé Noah, leur rencontre, cet enfant dont il avait quand même du mal à imaginer l'existence. Quel enfant parle de la sorte ? Quel enfant souhaite devenir président ? Quel enfant a des idées sur le conflit israélo-palestinien, sur la faim dans le monde ? Non, il ne pouvait que l'avoir rêvé, créé de toutes pièces. Un compagnon de solitude, de vieillesse, un relent de jeunesse, de rire, de vivacité dans un monde où tout est déjà perdu, dans lequel tout a déjà péri et verse vers la fin, la mort. Un sourire sans ride, l'innocence, la force et la vigueur, face à la faiblesse d'un corps qui se fatigue, n'espère plus et s'endort. Jacob s'endormait. Peu à peu. Son regard ne contenait plus d'étincelles, fixait le mur. Il en oubliait quelquefois de manger, de se laver. Il scrutait, hébété, la tapisserie à fleurs de sa chambre, sans plus jamais quitter le lit, s'évertuant à trouver, au détour d'un pétale, le museau d'un tigre à l'affût. Les motifs recouvraient de nouvelles formes, les fleurs n'en étaient plus, devenaient des animaux, des visages humains qui semblaient le juger. Pour toutes ces mauvaises choses qu'il avait faites dans sa jeunesse. La condamnation, tardive mais persistante, qui n'oublie jamais, elle.

Jacob ne se levait qu'avec efforts pour se rendre aux toilettes. Il passait alors devant le miroir de la salle de bains, ne se reconnaissait pas, revenait au lit, s'allongeait de nouveau et fixait le plafond dont les fissures formaient des continents imaginaires, d'autres visages qui finissaient toujours par le juger.

Il n'avait plus faim, il n'avait plus soif. Il avait oublié Hannah, avait oublié qu'un jour son cœur avait aimé, son cœur avait battu pour quelqu'un d'autre que lui, avait bondi dans sa poitrine, l'avait poussé à faire des choses insensées. Il avait oublié les sourires, les caresses, il avait oublié qu'il y avait d'autres gens sur Terre. Le monde ne se résumait plus qu'à sa chambre, et la seule personne qu'il croisait était son reflet dans le miroir. Ce vieil homme au regard hagard, aux lèvres blanches et sèches, les cheveux ébouriffés. Cet homme qui le jugeait lui aussi. Quand cela terminerait donc ?

Il avait oublié qu'il se rendait au Centre de jeunesse juive le mercredi. D'ailleurs, il aurait été bien incapable de dire le jour que l'on était. La seule flamme de vie qui l'animait l'avait quitté. Jamais plus il ne reverrait les enfants qu'il aimait tant aider, jamais plus il ne les reconnaîtrait, jamais plus il ne jouerait avec eux, leur léguerait les coutumes, allumerait des bougies, cuisinerait des beignets, découperait des guirlandes pour la bar-mitsva de qui que ce soit.

Un klaxon résonna à l'extérieur. À une autre époque, il se serait dit : « Tiens, c'est mardi ! » Aujourd'hui, il ne se disait plus rien. Se demandait même quel était ce son. Cela ne ressemblait pas à l'aboiement d'un chien ni au cri d'un homme. Et comme il revenait de la salle de bains, pour évacuer le peu d'urine que ses reins distillaient encore, il alla à la fenêtre, écarta le rideau et observa, absent, la voiture qui attendait au bord du trottoir. Une dame qu'il n'avait jamais vue de sa vie sortit de la maison devant laquelle elle était garée et monta dans le véhicule. Quelques secondes après, la voiture et la vieille avaient disparu, et le silence était retombé. Seul un oiseau vint le rompre. Il se posa sur la branche de l'arbre qui se trouvait devant la fenêtre de Jacob et chanta pour lui. Le vieillard regarda, fasciné, le petit animal secouer sa queue au rythme de ses piaillements. Il sourit. Il avança son index, toucha le carreau en pensant qu'il s'agissait du plumage de l'oiseau, le caressa comme un enfant qui n'a jamais vu pareille merveille. Il y eut comme un élan de vie en lui, soudain, une étincelle vitale qui lui fit ouvrir la fenêtre. La brise, légère, passa sur son visage, fit frétiller ses quelques cheveux. Il avala un peu d'air, le but par petites gorgées, s'en reput avec délice. Quelle bizarrerie, cette conscience de la nature, de l'extérieur, du dehors, cette conscience des sens, du toucher, de l'ouïe, de l'odorat, tout cela en même temps, ce trop-plein, cette overdose de sens qui ensuque. Il renifla, sentit les arômes des fleurs, ferma les yeux pour que ce n'en soit que plus intense. Que c'était bon…

Il se retourna, observa la chambre, le lit défait, le verre d'eau vide, sale, quelques détritus jonchant le sol, l'air vicié, l'enfermement. Il fut bien tenté d'enjamber la fenêtre et rejoindre la vie, mais son corps rigide ne lui en laissa pas l'option. Il chercha une autre issue, tomba sur une porte, s'y déplaça en traînant les pieds. Il découvrit, dans cette maison qu'il ne connaissait pas, un couloir qui menait à un escalier, descendit les marches grinçantes, arriva bientôt dans un salon inconnu. Comme une tortue sortant de l'œuf trouve irrémédiablement la direction de la mer sur la plage où elle vient de naître, il alla jusqu'à la porte et sortit.

LES DÉSILLUSIONS

Noah avait mis de côté ses aspirations à devenir président après l'incident avec son père. Le coup de grâce avait été donné par Caleb, le vagabond du coin de la rue auquel il avait prêté cinquante dollars afin qu'il reprenne sa vie en main et sur lequel il était tombé, au coin d'une autre rue, près de chez lui cette fois-ci, avec la même paume tendue, le même regard suppliant dans les yeux.

Caleb avait avoué s'être acheté de la bière avec l'argent. « Mais je te le rendrai, hein ! » Rien n'avait changé. Noah avait pris cela pour une défaite, une première fissure dans son innocence de jeune garçon, une ride dans ses ambitions de changer le monde, une tache dans sa confiance en l'autre. Tout ce qu'il lui avait dit n'avait été que des belles paroles, des promesses sans lendemain. Il n'avait pas réussi à insuffler au jeune clochard l'envie de se lever, de trouver un métier, une femme, l'envie de magnifier une existence. Caleb demeurait assis, passif, la main tendue vers les autres pour attraper quelques dollars, les reproches et les regards méprisants. Il ne rendrait jamais ses cinquante dollars à Noah, mais là n'était pas la question.

— Je pourrais peut-être en toucher deux mots à mon père, dit le garçon. Je veux dire, il t'embauche-rait, il cherche quelqu'un à la pizzeria.

— Je ne sais pas faire les pizzas, répondit Caleb en haussant les épaules.

— Cela s'apprend.

— Quels sont les horaires ?

La demande surprit Noah. Mais, décelant l'intérêt soudain de l'homme, il lança :

— Il faut arriver vers 10 heures pour préparer le repas de midi. Jusqu'à 15 heures, puis retour vers 17 heures jusqu'à 23 heures ou minuit.

— Ce n'est pas une vie ! s'exclama Caleb. Et com-bien paie-t-il ?

— Je ne sais pas, environ mille dollars au mois.

L'autre éclata de rire.

— Je préfère rester là. Je peux me lever à l'heure que je veux et je suis libre.

Pour une fois, Noah resta sans réponse, ce qui est peu prometteur pour un futur politicien, vous l'avouerez. Mais ce matin-là, au coin de cette rue, il découvrit une évidence sur la nature humaine. La liberté n'était pas une vérité tangible, une valeur immuable, uniforme, elle était subjective et revêtait de nombreuses formes, dont celle de l'aveuglement. Sinon, comment expliquer qu'un homme dormant dans la rue sur un morceau de carton et ne man-geant pas à sa faim pût se penser libre ? Et puis il sut que l'on ne change pas le monde si personne ne veut le changer. Que l'on ne change pas un monde qui ne veut pas changer. Qu'il y a des choses qui sont extérieures à vous, vous échappent, et que vous n'y pouvez rien.

Noah, du haut de ses dix ans, haussa les épaules, tourna les talons et continua son chemin.

L'INCENDIE

La nuit venait de tomber quand l'homme se décida à sortir de sa voiture. Il arpenta la rue, sac à dos sur l'épaule, tourna à gauche et fit encore quelques pas avant de trouver la maison qu'il cherchait.

C'était une bâtisse à un étage, en bois, comme la plupart des maisons de ce quartier et des maisons de ce pays. Blanche, le montant des fenêtres peint en vert. Il confirma le numéro, le 1328, collé à droite de la porte. C'était bien là.

Il jeta un coup d'œil de tous les côtés. Les lumières venaient de s'allumer dans les chaumières. C'était un quartier silencieux, tranquille, il ne serait pas dérangé. Et puis, si on le voyait, son aspect n'attirerait pas l'attention. Un vieux bonhomme dans un quartier de vieux ? Quoi de plus normal ? Il sortit une bombe de peinture rouge de son sac, la secoua en atténuant le son des billes de plomb sous sa veste matelassée et s'approcha. Il traversa la pelouse, monta les quelques marches qui le séparaient du seuil de la maison. Aucune lampe n'était allumée. Sa victime devait être au lit à cette heure-là. Bien.

Il leva la bombe et pressa de son index le petit capuchon troué. Un jet de peinture fut aussitôt projeté contre la façade blanche. Il répéta l'opération un peu plus loin, près d'une fenêtre, puis par terre. Ensuite, il rangea le spray et sortit de son sac une bouteille dont dépassait un torchon imbibé d'alcool. À l'aide d'un briquet, il mit le feu au bout du tissu, recula de quelques pas, la bouteille ardente en bout de bras, et la lança le plus violemment qu'il put contre le bas de la façade afin qu'elle se brise. Il regarda les flammes danser sur le bois, verticales. Il savait qu'elles ne seraient pas suffisantes pour incendier la maison. S'il avait voulu cela, il aurait cassé une fenêtre et l'aurait jetée à l'intérieur. Mais sa victime en serait quitte pour une belle frayeur. Cette frayeur qu'il lui avait lui-même infligée à l'époque. Et puis, même si un incendie se déclarait, que la maison prenait feu et s'écroulait sur la tête de son occupant, cela ne serait pas grave. Cela en ferait un de moins. Ce serait toujours ça de gagné. Une vermine de moins.

Il sourit, tourna les talons et partit en traînant les pieds pour rejoindre sa voiture dans la rue voisine.

DEUXIÈME PARTIE

JACOB STERN

L'ENQUÊTE

Machinalement, l'enquêtrice Emily Harris alluma une cigarette. Elle l'avait vu faire dans les films et avait pris le pli. Les flics se donnaient une contenance ainsi. Elle aussi. Car elle ne pensait pas à l'affaire qui l'avait amenée ici, dans ce quartier à l'autre bout de la ville. Elle pensait à cet homme avec qui elle avait passé la nuit, Dick. Cet homme qu'elle avait rencontré dans un bar où elle ne mettait jamais les pieds et qu'elle avait ramené chez elle. Elle trembla. Elle ne sut dire si cela était dû au froid ou si elle était juste nerveuse. Ce ne fut que lorsqu'elle vit les regards lourds de reproches des pompiers sur elle qu'elle comprit que son geste était déplacé. Elle laissa tomber la cigarette par terre et l'écrasa de la pointe du pied. Puis elle riva ses yeux sur la façade brûlée de la maison et sortit un calepin. Elle nota l'heure précise, 23 heures, l'adresse, et deux, trois éléments qui embelliraient son procès-verbal. Écrivaine frustrée, Emily parsemait ses rapports de descriptions littéraires abondantes et bavardes. Son supérieur le lui avait fait remarquer à plusieurs reprises : « C'est un rapport de police, Emily, pas *Autant en emporte le vent* ! » Mais il était impossible pour la policière d'aller à l'essentiel. Elle était de ces personnes qui, pour raconter ce qui leur est arrivé dans la journée, remontent jusqu'à la Genèse. Le scientifique Carl Sagan ne disait-il pas : « Si vous voulez cuisiner une tarte aux pommes à partir de rien, il vous faudra d'abord créer l'univers » ? Alors voilà, Emily recréait l'univers chaque fois qu'elle commençait une nouvelle enquête. Qui, en réalité, ne se terminait jamais comme une tarte aux pommes.

Pas la peine d'être sorti de Harvard pour deviner que l'incendie était criminel. Il n'y avait qu'à voir les inscriptions à la bombe rouge sur les pans de façade encore intacts pour comprendre que quelqu'un avait délibérément mis le feu à la maison. Ce qui fut confirmé lorsque l'on retrouva les débris de bouteille sur le sol. Un cocktail Molotov.

Emily regarda un instant les lumières rouges et bleues des gyrophares danser sur les murs des maisons et les feuilles des arbres, et elle pensa à la soirée de la veille. Les mêmes lumières. Il ne lui manquait plus que le verre de bière dans la main. Et Dick face à elle. Un projecteur illuminait la scène et on avait dressé un cordon de sécurité afin d'éloigner les quelques voisins et badauds curieux qui s'étaient groupés devant pour regarder le spectacle. Cela arrivait rarement que la rue soit à ce point animée.

Emily sortit un appareil photo et prit quelques clichés des différentes croix gammées.

— Saloperie de fachos, hein ? dit une voix derrière elle.

— Oui, on dirait que l'auteur a laissé sa signature, dit-elle en reconnaissant Mike, le chef de la brigade du feu de Nashville.

Sa femme ne lui avait-elle jamais dit que la moustache n'était plus à la mode ? pensa-t-elle.

— Bonne nouvelle. Il n'y avait personne.

— Personne dans la maison ?

— Non. De toute façon, l'incendie n'est pas monté jusqu'à l'étage. Il a été pris à temps. On a fini le boulot, on s'en va.

— Merci, Mike.

L'homme interpella ses hommes, qui commencèrent à enrouler les lances à eau.

Les fonctionnaires de la police scientifique arrivèrent lorsque le camion de pompiers sortit de la rue. Ils déballèrent leur matériel de haute technologie et se mirent à l'œuvre pour découvrir de nouveaux indices pouvant les mener sur la piste du coupable. Possibles empreintes de chaussure sur l'herbe, empreintes digitales sur les bris de verre de la bouteille, cheveux, tout était bon à prendre. Celui-ci avait eu chaud. Le propriétaire n'étant pas chez lui, il n'y avait pas, légalement parlant, de tentative d'homicide volontaire, simplement un incendie criminel, ce qui réduisait considérablement la peine encourue.

Pendant que les scientifiques officiaient, Emily fit le tour des maisons voisines à la recherche d'un éventuel témoin. Tout le monde était maintenant sur le seuil de sa porte, mais personne n'avait rien vu. Elle était habituée à cela. Personne ne voyait jamais rien. Même au milieu de la foule, on peinait toujours à trouver un témoin. À défaut, elle prit des informations sur le propriétaire de la maison qui avait subi l'incendie, un certain Jacob Stern. Soixante-quinze ans. Juif. On disait cela comme si cela eût suffi à le décrire. Trois coups de pinceau. Un nom, un âge, une religion. Voilà de quoi chacun de nous était fait, songea-t-elle. Et elle se demanda comment ses voisins la décriraient si un jour ils se trouvaient à la place de ces gens. Emily Harris, trente-six ans, athée.

Juif, nota-t-elle sur son calepin. Elle comprit alors l'histoire des croix gammées. « Cela fait quelques jours qu'on ne le voit plus. – Qui ça ? – Le voisin. – Vous pensez qu'il peut être dans sa famille ? – Une famille ? Jacob était seul. Du moins depuis la mort de sa femme, Hannah, il y a une quinzaine d'années. »

Tiens, tiens, se dit Emily, il se pourrait que cet incendie criminel se change en une affaire de disparition. Voilà qui était bien plus passionnant. Et elle eut de nouveau l'envie de s'allumer une cigarette.

LE PACK DE LAIT

Avez-vous vu cet homme ? Jacob Stern, 75 ans, 1,78 m, yeux bleus, cheveux blancs. La description s'étalait à l'encre noire sous la photographie en couleurs d'un homme regardant l'objectif, impassible mais souriant.

Noah était pétrifié. Il venait de reposer le pack de lait sur la table après l'avoir versé sur ses céréales et avait aperçu le visage de son ami imprimé sur l'un des côtés.

— Qu'est-ce que t'as ? demanda son père, qui déjeunait en face de lui. On dirait que t'as vu un fantôme !

Il fallut à l'enfant un instant pour trouver un mensonge. Finalement, il se décida pour la vérité.

— C'est mon vieil ami, répondit-il en désignant le pack de lait.

— Fais voir ça, dit Gino en attrapant la boîte en carton avec sa grosse main.

Il le considéra avec indifférence. S'il pensa quelque chose, il ne l'exprima pas et reposa le pack. Comme si tout cela ne l'intéressait pas, il reprit sa tartine et l'engouffra, ramassa son bol, ses miettes, et déposa le tout dans l'évier.

— Je vais au restaurant. Passe une bonne journée et ne fais pas de bêtises ! lui rappela-t-il, comme si son fils était un voyou.

La porte d'entrée claqua et l'enfant se trouva seul, dans le silence. Il se leva, versa le fond de son bol dans l'évier avant de le mettre au lave-vaisselle puis découpa la photographie de Jacob avec application. Il la fourra dans sa poche, mit son sac d'école sur l'épaule et sortit de la maison.

LES RECHERCHES

Emily Harris avait ouvert une procédure pour disparition et destruction de bien par le feu aggravées par l'inscription de messages antisémites. Elle ignorait encore si les deux étaient liés.

La nuit de l'incendie, alors qu'elle réalisait les premières constatations, après que le chef des pompiers l'eut laissée avec son verdict, elle n'avait découvert que peu de choses. Toutes contradictoires. Dans les affaires de disparition, elle inspectait toujours deux endroits de la maison : la boîte aux lettres et le réfrigérateur. Dans la première, elle n'avait rien trouvé. L'absence de courrier indiquait que l'homme avait disparu depuis peu. Dans le second, elle n'avait pas trouvé plus. Seules quelques bières. Pas de yaourt dont elle aurait pu regarder la date de péremption, pas de légumes dont elle aurait pu inspecter la fraîcheur, rien. De quoi se nourrissait donc cet homme ? Avait-il prévu son départ au point de dévorer tout ce qui se trouvait dans son frigo avant de quitter sa demeure ?

Et Dick qui ne lui écrivait pas. Nerveuse, elle avait jeté un coup d'œil derrière elle avant de prendre, de

135

voler, plutôt, une bière. Elle avait cherché un décapsuleur, ne l'avait pas trouvé et avait dû se résoudre à ouvrir la bouteille avec la pierre à silex de son briquet. Elle en avait englouti le contenu en une ou deux gorgées puis, non satisfaite, avait regardé son briquet et s'était allumé une cigarette, envoyant au diable le chef des pompiers et le regard méprisant qu'il avait posé sur elle.

Là, dans le salon vide, aux murs noircis par la fumée et les flammes, elle avait pensé à sa vie. Elle avait émergé quelques minutes plus tard, s'était surprise avec la bouteille de bière vide dans la main, l'avait jetée dans la poubelle, honteuse, et avait quitté la maison.

Soixante-quinze ans, il ne pouvait pas être allé bien loin, tout de même. Les photographies sur les packs de lait, dans les vitrines des magasins de la zone, les enquêtes de voisinage, dans les gares, les aéroports, les recherches dans les parcs, dans les alentours de Nashville n'avaient eu aucun résultat. Jacob Stern avait disparu comme si la terre s'était ouverte sous ses pieds et un trou noir l'avait aspiré. On ne savait pas depuis quand exactement, cinq jours avant l'incendie selon le témoignage des voisins. La dernière fois qu'on l'avait vu, il sortait sa poubelle. Le retraité Jim Carlson s'en souvenait très bien, car c'était le jour où il revenait de l'hôpital. On lui avait remis les résultats du TAC et de sa biopsie. Le mot fatidique. Cancer. En l'occurrence de la prostate. Le diagnostic ayant été précoce, il y avait donc de grands espoirs, cependant, Jim n'avait pu s'empêcher de penser à sa vie. Lorsqu'il avait vu Jacob avec le sac de plastique noir, traînant ses sandales sur le trottoir, il s'était demandé s'il arriverait à son âge. Il l'avait envié, même. Envié ce vieux schnock qui lui avait toujours causé des problèmes. Les relations de voisinage. La télé trop forte, les crottes de chien dans le jardin, toute la panoplie des incivilités dont Jacob se plaignait, accrochant des pancartes, sonnant à la porte à la moindre incartade. Oui, il l'enviait, maintenant. Il enviait sa tranquillité. Sa solitude. Jacob était seul mais n'était pas menacé par le cancer, lui.

Emily avait dû couper court à la conversation. C'est fou comme les gens s'emballaient, commençaient à lui raconter leur vie. « OK, donc cinq jours avant l'incendie, ce qui donne vendredi. – C'est ça. – Bien, merci, monsieur Carlson. »

Un autre voisin avait mieux. Un témoignage bien plus intéressant. Il affirmait avoir aperçu un vieux en veste matelassée et sac à dos partir dans la direction contraire de la maison en feu. Puis il était monté dans une voiture et avait disparu. L'homme n'avait pas pris le numéro, car il ne pensait pas que ce vieux pût avoir un lien avec l'incendie. Où a-t-on vu des vieillards incendiaires ? « Vous voulez dire que le vieux qui partait n'était pas Jacob Stern ? – Non, c'était un autre vieux. »

Voilà comment Emily se retrouva avec deux vieux sur les bras.

L'ENQUÊTE DE NOAH

Inutile de dire que Noah, en sortant ce matin-là de chez lui, la photographie découpée sur le pack de lait dans la poche, ne se rendit pas à l'école. C'est machinalement que ses pieds se détournèrent du chemin du collège pour emprunter celui, familier lui aussi, de la maison de Jacob.

Lorsqu'il arriva sur les lieux, un sentiment de panique, d'horreur, l'envahit. Il y avait de quoi. La jolie maison blanche aux fenêtres vertes était aujourd'hui noire. Quelques carreaux avaient explosé, à moins que les pompiers ne les aient cassés pour entrer. Noah reconnut les croix gammées qu'il avait vues en cherchant des informations sur le peuple juif. Le symbole du mouvement national-socialiste, les nazis. Mais qu'y avait-il de socialiste à prôner la supériorité d'une race sur une autre ?

Un peu triste, il avança, passa sous le cordon de police, monta les quelques marches et se retrouva sur le seuil. Il s'aperçut qu'il était en train de fouler une croix gammée, s'essuya les pieds dessus avec dégoût. Il pensa aller au magasin du coin pour acheter une éponge et du savon, mais il se vit incapable d'effacer tout cela. Lorsque je serai président des États-Unis, se promit-il, je serai le président de tous les Américains. Même de ces Américains qui dessinent des croix gammées et persécutent d'autres Américains. De ces Américains nazis, de ces suprémacistes blancs qui chassaient les Noirs, les simples racistes qui ne voulaient pas de Mexicains dans leur pays. Comment pourrait-il unir tous ces peuples qui coulaient dans les veines des États-Unis ?

Son esprit revint à Jacob. Il se hissa sur la pointe des pieds, posa sa main sur la *mezouzah* puis embrassa son index comme le vieux le lui avait expliqué. Alors il sonna. Il n'entendit ni le pas traînant du vieux ni la bouteille d'oxygène rouler sur le parquet. Il attendit encore quelques minutes, frappa, puis il tourna le pommeau. C'était ouvert. Il entra.

On aurait dit qu'une tempête avait pénétré dans la maison et avait tout ravagé. Il reconnut à peine la table du salon sur laquelle ils mangeaient leur donut et conversaient. Une épaisse couche de cendres la recouvrait complètement comme une nappe noire. Le feu avait épargné la plupart des meubles, sans doute grâce à une intervention rapide des pompiers. L'eau n'avait pas encore totalement séché, formant des flaques écumeuses un peu partout.

Il monta à l'étage, qu'il n'avait jamais vu. C'était un sentiment étrange que de découvrir une maison que vous connaissiez en partie, sans y être invité en outre. Il entra dans la chambre du vieux. La fenêtre était ouverte, le lit défait. Une forte odeur de transpiration mêlée à celle de la fumée le saisit. Jacob avait dû passer là le plus clair de son temps. Son regard tomba sur le chariot et la bouteille d'oxygène, décorée de petits poissons rouges et argentés. Il était parti sans elle. Pourquoi ? N'en avait-il plus besoin ? Si j'avais été là avec lui, tout cela ne serait pas arrivé, pensa-t-il. Si je ne l'avais pas abandonné. Et plus qu'à lui-même, il en voulut à son père de lui avoir interdit de revenir voir son ami. Son seul ami. Cela attrista beaucoup Noah, qui se demandait ce qu'était devenu Jacob. Où était-il parti ? Pourquoi ? Les deux hommes qu'il avait aperçus l'autre jour avaient-ils réussi à le chasser du quartier ? Tout cela parce qu'il était juif ? Et pourquoi ne lui avait-il rien dit ? Il était son ami.

Mais Noah réalisa que le vieux n'avait aucun moyen de le contacter. Il n'avait ni son adresse ni son téléphone. Ils s'étaient toujours donné rendez-vous chez le vieux.

Le garçon descendit. Lentement d'abord, puis de plus en plus rapidement, se souvenant soudain de quelque chose d'important. Dans le salon, il se dirigea vers la commode du téléviseur dans laquelle le vieux rangeait les cahiers de sa mémoire. Il lui avait dit : « Si un jour il m'arrivait malheur, je veux que tu prennes ces cahiers et que tu les brûles. Que tu les brûles avant que quelqu'un les lise. Tu entends, Noah, personne ne doit les lire. » Ironie du sort, l'incendie n'avait pas atteint la commode. Et les cahiers que Jacob voulait voir détruits avaient survécu au drame. Noah s'agenouilla sur le sol mouillé, sentit l'eau glacée à travers son pantalon, et ouvrit la commode. Il se sentait le gardien du terrible secret de Jacob, se demandait s'il oserait lire les cahiers ou s'il respecterait la mémoire de son ami.

Mais là où devaient se trouver cinq cahiers à spirale, il n'y avait que le vide. Le vide, plus destructeur peut-être que le feu.

L'ENQUÊTE D'EMILY

Du côté des croix gammées, Emily n'avait pas trouvé grand-chose non plus. La peinture était une marque commune de spray. Une vingtaine d'établissements en assurait la vente à Nashville. Aucune trace sur les lieux, une empreinte de pouce partielle inexploitable sur un bris de la bouteille. La description sommaire d'un vieux en doudoune, avec un sac à dos. Les antisémites, de tous âges, ce n'était pas ce qu'il manquait dans le monde. Et ils n'étaient pas recensés. On avait bien organisé une surveillance aux alentours de la maison, quelques jours, au cas où l'auteur de l'incendie serait revenu sur les lieux, cela arrivait, moins que le disait le proverbe, mais assez pour tenter le coup. Là encore, cela n'avait rien donné. Le supérieur avait demandé la fin de la surveillance, il avait besoin de ces fonctionnaires sur une autre affaire. Fin de l'histoire.

— Tu vises le prix Nobel de littérature, c'est ça ?

La voix du superintendant de police arracha Emily à ses pensées.

— Pardon ?

— Ton rapport, sur la disparition du vieux juif, tu recommences, Jane Austen !

Il chaussa ses lunettes, prit la feuille, s'éclaircit la voix et en lut un extrait.

— *La maison était vide, dénuée d'âme, mais l'on pouvait deviner au papier peint défraîchi les affres et les peines que les successifs habitants des lieux avaient dû vivre là. Seule la vieille pendule rompait de son glissement feutré le silence qui...* Tu te fous de ma gueule, c'est ça ?

— Il n'y a rien dans cette affaire, patron, aucune piste. Le vieux s'est volatilisé. Comme un oiseau. Paf ! Alors j'ai dû broder un peu.

— Un peu ? Cinquante pages ? Écrites comme du Harper Lee ? Ce vieux n'a pas de famille ?

— Aucune. J'ai consulté tous les dossiers. État civil, Sécurité sociale. Il était marié à une certaine Hannah Levy, qui est décédée il y a une quinzaine d'années d'un cancer du foie. Pas d'enfants, pas de frères, de cousins. Rien.

— Et les relevés de banque ?

— Aucun retrait effectué avec sa carte, répondit Emily. Soit il a du liquide, comme tous les vieux. Ma mère n'a jamais fait confiance aux banques, elle gardait une fortune en billets de cent dollars entre ses piles de draps ! Soit il...

— Soit il est mort, c'est ça ?

— Du peu que je connais de la nature humaine, on ne tient pas longtemps sans manger, il me semble.

— Surtout si on l'y a aidé...

— Qu'est-ce que vous voulez dire ?

— Imagine que ceux qui ont foutu le feu à la baraque l'aient kidnappé, ou l'aient tué. Que c'est pour cela qu'on ne l'a pas retrouvé.

Emily réfléchit un instant. Pourquoi s'emmerder à kidnapper un vieux de soixante-quinze ans ? Elle repensa à son père, qu'elle avait mis dans une maison de retraite à la mort de sa femme pour ne pas avoir à s'en occuper. Elle ne pouvait imaginer que quelqu'un puisse volontairement enlever un vieux. Incendier, taguer, mais pourquoi aller plus loin ? Cela n'avait pas de sens. Et puis elle repensa au vieil homme qu'avait aperçu le voisin.

— La nuit de l'incendie, un témoin n'a vu qu'un vieux qui se dirigeait vers une voiture et qui disparaissait dans la nuit.

— Tu recommences.

— Quoi ?

— « Qui disparaissait dans la nuit »…

— C'est plus fort que moi, patron. Mais bon, un vieux, c'est pas trop le profil du jeune nazi.

— Ce ne pouvait pas être celui que l'on cherche ?

— Non, le témoin est formel. C'est bien un *autre* vieux. Et puis, je pense que Jacob Stern était déjà parti quand les incendiaires sont venus lui rendre une petite visite.

— Ah bon ? Et pourquoi ?

— Le frigo vide.

Le supérieur hocha la tête. Oui, après tout, un cas d'école.

— Et qu'est-ce que tu comptes faire, maintenant ?

— Rentrer à la maison et prendre un bon bain, superintendant.

— Je voulais dire pour l'enquête.

— Je vois pas trop, patron.

— Eh bien, je vais te donner une piste. Tu vas me faire le tour des groupuscules antisémites de

Nashville. Je ne voudrais pas qu'on passe à côté de quelque chose.

— D'accord, patron !

L'homme détourna son regard d'elle et sortit du bureau de l'enquêtrice. Emily se leva, attrapa sa veste, son sac à main, jeta un coup d'œil dedans. Les cinq cahiers à spirale qu'elle avait trouvés au domicile du vieux étaient toujours là. Elle n'avait rien dit de cette découverte au patron avant de voir si cela en valait la peine, mais elle n'avait pas menti non plus. Elle allait se faire couler un bon bain et se plonger dans leur lecture.

LE BAIN

La première chose qu'Emily fit en arrivant chez elle fut de consulter la messagerie de son téléphone, mais toujours aucun message de Dick. Elle quitta ses chaussures et ouvrit le robinet d'eau chaude de la baignoire. Elle se rendit ensuite à la cuisine et se servit un verre de vin blanc français, qu'elle dégusta à petites gorgées.

Ne lui répondrait-il jamais ? Maudits mecs. Ce qu'elle pouvait les détester ! Et en même temps, ce qu'elle en avait besoin ! Une malédiction, une fatalité. Elle se répétait chaque fois que ce serait le dernier, qu'elle préférait vivre seule plutôt que passer son temps à souffrir pour un homme, mais les nécessités de son corps avaient du mal à communier avec celles de son esprit. Il réclamait de la chair, des bras musclés l'enlaçant, une peau douce contre elle, des mains fortes lui empoignant les hanches. Voilà ce que les hommes donnaient sans trop de problèmes. Pour le reste, il faudrait repasser. Pour les sentiments, l'amour, la tendresse, le sens des responsabilités. Que pouvait-elle attendre d'un homme rencontré dans un bar après trois bières ? Un homme qu'elle avait ramené chez elle dès le premier soir ? Rien. C'était foutu, n'avait-elle rien appris ? Il ne la rappellerait jamais. Autant l'oublier et ne jamais plus revenir sur les lieux du crime, le Blue Parrot.

Elle enjamba le bord de la baignoire, entra dans le bain. Le contact de l'eau chaude contre sa peau la fit frissonner. Elle s'assit, se laissa caresser par la mousse. Une sensation de bien-être l'envahit. Ce moment d'ivresse où l'on oublie tout. Où ne subsiste que l'extase. Elle ferma les yeux pour exacerber le sentiment, vivre en lui, entier. Elle respira, de plus en plus fort tant la chaleur oppressait sa poitrine, contractait ses poumons. Bientôt, elle s'endormit.

Lorsqu'elle rouvrit les yeux, le bain était encore chaud. Elle en déduisit que son assoupissement avait été de courte durée. Elle regarda les carnets dans lesquels elle s'était promis de se plonger mais préféra sortir de la baignoire pour aller se servir un autre verre de vin blanc. Elle les lirait confortablement sur le divan. C'était compter sans l'appel de Dick.

LE BERCEAU DE LA HAINE

Au service, c'était Peter Fawl qui s'occupait des groupuscules nazis. Nashville n'était pas un terreau d'antisémites, mais il y en avait assez pour que l'on ait ouvert dans le département de police du comté une brigade pleinement dédiée à cela, avec les suprémacistes blancs. Néonazis, Ku Klux Klan, bandes antimusulmans, le même fléau qui sévissait sous des noms différents. Les attaques terroristes provenant de l'extrême droite américaine dépassaient celles revendiquées par des djihadistes.

Le policier avait dressé une liste susceptible de leur servir et avait proposé à la jeune femme de l'accompagner dans ses recherches de la journée. D'abord, ils étaient allés rendre une visite de courtoisie à Joe Delauney, un skinhead repenti qui était devenu, moyennant des aides du service des logements, un indicateur de première. Joe était un homme trapu, brun, les cheveux longs. Il portait un pull à capuche et un pantalon large. On aurait pu le prendre pour un rappeur. L'homme s'était évertué à ôter de son apparence physique toute trace de son appartenance passée au mouvement raciste. Il s'était laissé pousser les cheveux, avait fait effacer ou redessiner les tatouages les plus visibles et provocateurs, sur son cou et ses mains. Ainsi, la croix gammée qu'il arborait jadis fièrement était devenue une fleur, sa haine était devenue un message d'amour. Joe n'était pas au courant d'une quelconque action contre le domicile d'un juif. Les skinheads préféraient se mesurer aux Noirs, car il y avait du répondant. Les juifs étaient bien trop pacifiques à leur goût, ils peuplaient les beaux quartiers de Nashville et évitaient le plus souvent la bagarre.

— Ils ne font plus ça depuis longtemps, madame, dit Joe. Saccager les cimetières juifs, faut vivre avec son temps. Quelquefois, c'est un magasin kasher qui prend, mais c'est tout.

Emily pensa qu'il essayait de minimiser quelque chose qui, en soi, était déjà assez grave, et lorsqu'elle confia plus tard dans la voiture son sentiment à son collègue, celui-ci lui répondit qu'ils étaient tous ainsi. Qu'ils ne pensaient pas faire de mal en insultant les gens, en leur infligeant une raclée, que pour eux c'était le monde qui était violent, pas eux. Une génération de jeunes perdus, sans repères. Et Emily se demanda si le policier était en train de leur chercher une excuse. Alors que la violence n'en avait jamais à ses yeux.

Ils passèrent leur journée à rencontrer des chefs de bande, des « jeunes perdus et sans repères » qui vivaient dans la haine de ce qui était différent d'eux. Emily avait essayé de les raisonner, ou de les amener dans leurs propres contradictions. « Mais les juifs sont blancs, comme vous ! » avait-elle répondu à l'un d'eux, le plus agressif du groupe. Offusqué, le jeune skinhead avait eu cette phrase horrible, préoccupante, à laquelle Emily penserait toute la soirée. « Ils ne sont pas assez blancs. » Comme si on lui eût parlé de linge qu'il faudrait un peu plus nettoyer.

Elle était rentrée chez elle écœurée par ce qu'elle avait vu, entendu toute la journée durant. Mais certaine d'une chose : celui qui avait mis le feu à la maison de Jacob Stern ne faisait partie d'aucun groupuscule connu. Ou il s'agissait d'un loup solitaire, ou il ne s'agissait pas d'un skinhead, ni d'un nazi, ni d'un antisémite.

Elle repensa aux cahiers qu'il lui fallait lire, mais les palpitations de son cœur la rappelèrent à l'ordre. Elle aurait le temps demain. En attendant, elle alla prendre une douche avant de se préparer. Ce soir, elle avait rendez-vous avec Dick.

LE RÊVE

Souvent, Noah faisait ce rêve, à moins qu'il ne s'agisse d'un cauchemar. Jacob n'avait pas disparu, sa maison n'avait pas été incendiée. Tout continuait comme avant. Noah lui avait promis de revenir le voir, mais son père l'en avait empêché, alors le vieux comptait les jours. Il comptait les jours, attendant que Noah réapparaisse.

Puis il n'avait bientôt plus eu assez de doigts pour les compter.

Plus assez de mémoire, non plus, pour les compter.

Plus de mémoire pour se souvenir de Noah.

Plus de mémoire pour se rappeler Hannah.

Ses souvenirs s'étaient échappés de lui comme de l'eau d'une bouteille renversée sur le sable d'un désert. Sa mémoire s'était évaporée peu à peu.

Dans ce rêve, un après-midi, on sonnait à la porte.

Le vieux se levait du sofa et allait ouvrir.

Sur le perron : un enfant habillé en tee-shirt et en bermuda.

— Bonjour, disait l'enfant.

— Bonjour, répondait le vieux.

— Vous voyez, je suis revenu. J'ai eu des petites choses à régler ces dernières semaines, mais je suis là, maintenant.

— Qui es-tu ?

Pour Noah, la question avait l'effet d'un coup de poing dans le ventre. Se pouvait-il que le vieux, son vieux, ne le reconnaisse plus ? Déjà ?

— C'est moi, Noah.

Il y avait comme une étincelle dans le regard du vieux. Mais elle disparaissait aussitôt.

— Vous aviez dit que vous signeriez ma pétition si je vous parlais de mon programme. Je suis venu plusieurs fois chez vous, on mange des donuts et on boit du lait. Des donuts *kasher*, c'est vous qui m'avez appris le mot.

— Ton programme ?

— Attendez.

Noah se faufilait alors entre les jambes du vieux et courait vers le salon. Il ouvrait la commode où le vieux gardait ses cahiers.

— Regardez !

L'homme était surpris de voir ces cahiers dans son meuble, sous le téléviseur. À qui étaient-ils ? Qui les avait rangés là ? Il refermait la porte et entrait à son tour dans le salon.

— Il y a cinq cahiers.

— Et qu'est-ce qu'il y a d'écrit sur ces cahiers ? demandait le vieux, intrigué.

— Votre vie.

— Ma vie ? Oh. Toute ma vie tient sur cinq cahiers ? Elle n'a pas dû être bien trépidante, alors…

— Je vais vous la lire.

154

Noah faisait mine d'ouvrir un cahier. Il s'attendait à ce que le vieux se mette en colère comme la première fois qu'il avait proposé de les lire. Mais le vieux le regardait, tranquille, curieux d'entendre sa vie dans la bouche de son jeune ami.

Le lendemain, Noah revenait chez le vieux. Il y avait encore une croix gammée peinte à la bombe rouge. Pour ne pas faire de la peine à son ami, il allait acheter une éponge et un peu de savon au magasin du coin et frottait la porte jusqu'à ce que la croix disparaisse. Ensuite il sonnait.

Après quelques secondes, le vieux lui ouvrait. Il ne le reconnaissait pas.

— C'est moi, Noah. Vous aviez dit que vous signeriez ma pétition si je vous parlais de mon programme.

— Ton programme ?

Un rituel s'installait alors entre eux. Le rêve se répétait en boucle. Tous les jours, Noah se faufilait entre les jambes du vieux, ouvrait la commode où il gardait ses cahiers. « Regardez ! » lançait-il. Tous les jours les mêmes questions du vieux, la même surprise.

— Qui est cette Hannah ? Qu'est-ce que j'ai dû l'aimer, pour écrire des choses pareilles sur elle…

Le vieux semblait surpris de constater que l'enfant se déplaçait si bien chez lui, comme s'il en connaissait chaque recoin. En regardant autour de lui, il se demandait où il avait acheté ce vase, ce canapé, cette télé, cette table. Il en venait même à demander où il se trouvait. Était-ce chez lui ? Était-il chez un autre ? D'où sortait donc cette maison ?

Pendant ce temps-là, Noah allait chercher du lait dans la cuisine. C'était lui qui avait acheté les donuts, car le vieux avait oublié depuis longtemps leur rituel.

Des donuts kasher, trouvés sur le chemin, dans un magasin du quartier juif. Alors qu'il ouvrait un cahier et commençait à le lire, le vieux l'interrompait :

— Elles sont belles, tes histoires.

Et le garçon répondait :

— Elles sont belles, *tes* histoires.

Ils se souriaient. C'était toujours à ce moment-là que Noah se réveillait.

DICK

Emily avait parlé trop vite. Comme d'habitude. Elle avait la fâcheuse manie de juger les gens trop rapidement. Souvent mal. Une déformation professionnelle. Dans la police, il fallait jauger les gens que l'on avait en face rapidement, afin de voir s'ils représentaient une menace ou pas. Quelquefois, la précipitation menait à l'erreur. Il en avait été ainsi pour Dick.

Il l'avait rappelée, ils s'étaient parlé et ils s'étaient donné rendez-vous au Blue Parrot. L'endroit où Emily s'était juré de ne plus remettre les pieds. Dick n'avait jamais eu l'intention de ne pas la revoir. Mais il avait croulé sous le travail le lendemain de leur rencontre et il n'avait pas pu l'appeler, comme il aurait voulu le faire, et comme elle aurait voulu qu'il le fît.

Dès leur deuxième rencontre au bar, il s'était passé quelque chose. Un lien qui avait établi leur relation. « Tu sais, je t'ai emmené chez moi le premier soir. Et je voulais te dire que je ne suis pas ce genre de femme », lui avait-elle dit en guise de préambule alors qu'il leur commandait deux bières. « Tu sais, je ne t'ai pas appelée le lendemain où l'on a couché ensemble, je ne suis pas ce genre d'homme », lui avait-il répondu.

157

Ils s'étaient souri et avaient tout de suite su, chacun de leur côté, que ce sourire les mènerait loin.

Dick travaillait à la direction marketing d'une grande marque de cosmétique. À un moment donné, il avait sorti de sa poche une boîte qu'il avait tendue à Emily. Une crème de jour. On lui donnait des tonnes d'échantillons dont il ne savait jamais que faire. « T'inquiète, je saurai leur donner une utilité », avait rétorqué la policière. Ils avaient rigolé avant de boire leur bière dans le silence, sans trop oser se regarder. « Et toi ? avait demandé Dick, tu fais quoi dans la vie ? Attends, laisse-moi deviner. » Il avait énuméré une liste de métiers plus improbables les uns que les autres. Libraire, prof de maths, décoratrice d'intérieur. « J'enquête », l'avait-elle aidé. « Journaliste ? – J'ai un flingue. – Tueuse à gages ? – Tu brûles. – Me dis pas que tu es flic ? – Alors je ne te le dis pas. » Et ils avaient de nouveau éclaté de rire.

Et puis, comme le premier soir, ils avaient quitté les lieux assez tôt. « Cette fois-ci, allons chez moi », avait-il dit. Sur le chemin, elle lui avait posé cette drôle de question : « Tu crois que l'on peut disparaître comme ça, à soixante-quinze ans ? » Elle lui avait raconté brièvement l'affaire sur laquelle elle travaillait. Et il avait eu cette drôle de réponse : « Il est parti à la recherche d'une femme. Moi, si je disparaissais du jour au lendemain, ce serait pour aller te retrouver. » Ils s'étaient embrassés langoureusement dans la voiture, avant de regarder, fascinés, la première goutte de pluie s'écraser sur le pare-brise.

OÙ L'ON RETROUVE UN VIEIL AMI

Jacob était devenu le juif errant, ce personnage légendaire qui ne pouvait perdre la vie, car il avait déjà perdu la mort. Il errait à travers le monde et les époques. L'errance est le signe d'une faute, pense-t-on, et dans le cas de Jacob on ne pouvait être plus près de la vérité.

Après être sorti de chez lui, le vieux avait parcouru la rue à la recherche de l'oiseau qu'il avait aperçu sur la branche près de sa fenêtre. Puis, ses sens sollicités par les merveilles dont recelait la vie à l'extérieur, il l'avait vite oublié, lui avait préféré mille choses plus intéressantes, plus intrigantes. Le vieux était redevenu un enfant qui découvre le monde. Une odeur. Un bruit. Une image. Interpellé par son aspect brillant, il avait passé la main sur la carrosserie d'une voiture, l'avait trouvée si douce. Il avait humé l'odeur provenant d'une boulangerie, il avait profité d'un air de jazz s'échappant d'un pub animé. À aucun moment il ne s'était demandé où il allait. Ses pieds avançaient vers une destination que lui-même ignorait, se laissant aller au gré des sons et des odeurs qui l'appelaient, lui demandaient de les suivre. C'est ainsi que, petit à petit, il était arrivé à l'angle de la 17e et de Horton Avenue, dans le quartier de Edgehill, devant un bâtiment de brique rouge sur la façade duquel était peinte une enseigne : SANCHEZ. Il avait pensé à une charcuterie puis avait réalisé qu'il s'agissait d'une pizzeria. Alléché à l'idée de manger une quatre fromages, il était entré, s'était assis et l'avait commandée lorsqu'on était venu lui demander ce qu'il désirait. Il avait également commandé une bière. Redécouvrir le goût d'une pizza fut pour lui le paroxysme du bonheur. La saveur de la tomate grillée, du fromage fondu, de la croûte, fine et légère, bien cuite, l'odeur du four. La fraîcheur de la bière sur la langue puis dans la gorge, l'alcool qui vous assaille l'esprit et injecte une dose de bien-être, d'oubli, de paix. À la fin du repas, le vieux s'était levé et avait traîné ses pieds jusqu'à la porte. Il n'avait pas payé. Comment aurait-il pu se souvenir qu'il fallait payer dans un restaurant ? Mais on ne l'avait pas arrêté. Le patron était occupé en cuisine. Ce ne fut que lorsqu'il en était sorti que ce dernier s'était aperçu que le vieux n'était plus là. Il s'était précipité dehors, mais il était déjà trop tard. Le malheur des carrefours est que quatre chemins s'offrent à nous. Gino avait pesté puis était retourné dans son restaurant. Saloperie de vieux.

Jacob avait continué sa route vers le nord. Il était passé devant un jeune clochard sans savoir qu'il s'agissait de l'homme dont lui avait parlé Noah, l'homme à qui l'enfant avait promis un avenir radieux, du travail, un salaire de douze mille dollars à l'année, une vie merveilleuse, une femme et des enfants, l'homme à qui il avait donné un billet de cinquante dollars afin qu'il se prenne en main, et que celui-ci avait finalement dépensé en bières.

Il était bientôt arrivé devant l'église de Padbock alors que la nuit se couchait, y était entré et s'était assis sur un banc pour écouter la messe. Il s'était tout de suite senti chez lui. Avait tout de suite reconnu ce Christ, ces croix, ces statues, ces tableaux, ces prières. Il avait oublié qu'il était juif. Il avait oublié qu'avant d'être juif il avait été chrétien. Il y avait si longtemps.

À la fin de la messe, tout le monde était sorti. Jacob avait aperçu le curé enlever sa chasuble, fermer le coffre de l'autel d'où il avait extrait les hosties et le vin. Le curé retirant son déguisement, redevenant un homme comme un autre. Il l'avait regardé passer dans le couloir, à quelques mètres de lui, sans le voir. Puis il avait entendu la lourde porte se fermer et la clef tourner dans la serrure. Il n'avait même pas compris que le curé ne l'avait pas vu et venait de l'enfermer dans l'église. Il était resté assis encore quelques instants, à regarder Jésus agoniser sur sa croix, puis, rongé par la fatigue, il s'était couché en travers du banc et s'était endormi, sans savoir que cette nuit passée à l'église, que cet oiseau sur sa branche lui avaient sauvé la vie, l'épargnant des flammes qui avaient léché sa maison pendant qu'il dormait sous le regard paternel de Jésus-Christ.

Le matin, il avait été réveillé par le son de la clef se frayant un chemin dans la serrure. Il avait entendu les pas du curé résonner dans l'église. Et alors que l'homme était entré dans la sacristie, Jacob s'était levé et avait abandonné les lieux comme il y était entré, dans le silence le plus absolu.

Le vieux avait tout oublié. Tout. Même sa maladie. Son manque d'oxygène, la bouteille qu'il n'avait pas emportée et sur laquelle il avait peint de beaux poissons rouges pour amuser Noah. Suffisait-il d'oublier une maladie pour qu'elle disparaisse ? Peut-être, après tout. Penser à une maladie revenait à lui donner de l'importance. Et, c'était bien connu, il suffisait de donner de l'importance à quelqu'un pour qu'il grandisse, devienne fort. La maladie n'était pas différente et, en l'oubliant, il l'avait humiliée, il l'avait tuée.

Il avait erré toute une journée dans un quartier voisin, s'était arrêté dans une librairie de livres de seconde main pour en feuilleter quelques-uns, tomber amoureux d'un recueil de poèmes d'Ezra Pound. Jacob était subjugué par les deux lignes qui composaient « In a Station of the Metro », que Pound avait écrit dans le métro de Paris en 1912.

The apparition of these faces in the crowd :
Petals on a wet, black bough.

Le poète américain avait capturé toute l'essence de la vie parisienne souterraine dans ces deux lignes, comme s'il avait récolté le nectar, l'huile d'un monde et l'avait réduit à cela, comme les réducteurs de tête d'Amazonie ou les artistes qui enfermaient un bateau de bois dans un flacon plus petit que lui. « L'apparition de ces visages dans la foule : des pétales sur une branche mouillée et noire. » Jacob avait tenté de se figurer la scène. Ces pétales sur cette branche. Il était demeuré immobile, le livre entre les mains, durant un quart d'heure, ouvert à la même page, jusqu'à ce qu'on lui demande s'il désirait l'acheter. Le vieux l'avait reposé sur la table. Pourquoi l'acheter puisqu'il en avait une précise image dans l'esprit ? Deux phrases. Deux petites phrases simples à apprendre, simples à retenir, simples à ne pas oublier. Deux lignes et une image qui ne le quittait plus. Celle de ces visages anonymes dans la foule parisienne, semblables à des pétales sur une branche mouillée et noire.

Jacob avait toujours aimé la poésie. Au contraire des romans, qui ne racontaient que des histoires inventées, artificielles, la poésie transcrivait la vie dans son essence la plus pure.

Ce jour-là, il n'avait pas mangé. Et il s'était assis sur un banc, avait regardé les gens passer. Aux États-Unis aussi, les gens étaient des pétales sur une branche mouillée et noire. L'image de 1912 de Paris était applicable à sa ville et à son temps. Les pétales étaient éternels. À un moment, une femme s'était assise à côté de lui, l'arrachant à sa rêverie. Les mains posées sur une poussette, elle s'était penchée en avant et avait remis la couverture en place sur un petit corps frêle dont ne dépassait qu'une minuscule main rose à l'index tendu. Le vieux avait souri. Voulait-il lui montrer sa mère, l'accuser ? Il n'aurait su le dire. En partant, la femme lui avait dit au revoir et le vieux l'avait saluée en retour. Le bébé avait continué de signaler le ciel, et disparut bientôt, le bras tendu.

Lorsque la nuit était tombée, Jacob avait repris son voyage, il était passé devant un vendeur de hot dogs qui, le voyant affamé, lui en avait offert un de bon cœur, ne lésinant ni sur le ketchup ni sur la moutarde. Le vieux avait oublié que c'était si bon. Il l'avait mangé lentement pour ne pas le finir trop vite, comme l'on parle à un vieil ami, longtemps, multipliant les sujets, les débats, pour qu'il ne parte pas, pour qu'il ne nous laisse pas seul. Durant une heure, Jacob et le hot dog avaient partagé le voyage, avaient maintenu une conversation silencieuse, intérieure. Et lorsqu'il n'avait plus été possible de retarder le moment, lorsqu'il l'avait achevé, avait enfourné le dernier morceau dans sa bouche, il lui avait dit au revoir et merci comme à un ami fidèle. Au revoir, hot dog. Merci.

En levant les yeux, il s'était aperçu qu'il était revenu à l'église de la veille. Il avait tiré la lourde porte, s'était assis dans un coin, avait écouté la messe d'une oreille distraite, se disant que, dans une heure à peine, tout le monde serait parti et qu'il pourrait dormir en paix sous le regard aimant de Jésus-Christ.

LE CHAUFFEUR D'EINSTEIN

Au début de sa carrière, le jeune Albert Einstein partit aux États-Unis dans le but de donner des conférences aux quatre coins du pays. On lui avait affecté un chauffeur et il se déplaçait d'université en université afin d'exposer quelques-unes des théories qui le rendraient célèbre. Pendant ses conférences, n'ayant rien de plus intéressant à faire, son conducteur avait pris l'habitude de s'asseoir dans les gradins, au milieu des autres physiciens, et d'écouter le discours du savant d'une oreille attentive. Un jour, alors qu'ils se rendaient à l'étape suivante de leur tournée, le chauffeur dit à Einstein : « Vous savez, à force d'entendre votre conférence, je la connais par cœur ! » Il regarda son patron dans le rétroviseur et sourit. « À tel point que je pourrais même la donner à votre place ! » ajouta-t-il sur le ton de la plaisanterie. À sa grande surprise, le scientifique le prit au mot. « Eh bien, soit, la prochaine, c'est vous qui la donnerez ! » Et ils éclatèrent de rire.

À cette époque, les physiciens connaissaient tous le nom d'Albert Einstein, mais pas son visage. Les photographies ne circulaient pas avec la même facilité qu'aujourd'hui. Arriva donc l'heure où le chauffeur, hésitant et mal à l'aise, monta sur scène, pendant qu'Einstein prenait place, amusé par sa blague, dans les gradins parmi l'audience. Lorsqu'il remarqua que personne ne s'était aperçu de la supercherie, le conducteur prit confiance en lui et amorça la conférence, exposant de manière brillante les théories de son patron. Einstein, spectateur, hochait la tête, incrédule, face à l'exploit auquel se livrait son acolyte. Il avait dit vrai. Il connaissait sa conférence par cœur.

Tout se passa à merveille jusqu'à ce que l'un des assistants, en fin d'exposé, lève le doigt et pose une question. Évidemment, le chauffeur, qui après tout n'était pas physicien, fut bien en peine d'y répondre, mais il ne se démonta pas. Il regarda son public avec un grand sourire, s'éclaircit la voix pour se donner une contenance et répondit à l'homme qui lui avait posé la question : « Écoutez, monsieur, votre question est tellement simple que même mon chauffeur, qui est assis parmi vous, là-bas, pourrait y répondre ! » Il désigna de son doigt tendu son patron, Albert Einstein, qui se leva et apporta la réponse tant attendue, causant ainsi la stupéfaction de tout ce beau monde.

L'INDICATEUR QUI NE SAVAIT RIEN

— Pourquoi vous me racontez cette anecdote sur le chauffeur d'Einstein ?

— Parce que, quelquefois, on prend une personne pour une autre.

— Je ne comprends pas.

— On croit écouter Einstein alors qu'on n'écoute en réalité que son chauffeur.

— Je ne comprends toujours pas.

— L'usurpation d'identité, quand une personne prend l'identité d'une autre, se fait passer pour quelqu'un qu'il n'est pas, cela te dit quelque chose ?

Emily plantait son regard noir dans celui de Joe Delauney.

— Écoutez, je ne comprends rien. Qu'est-ce que vous voulez ?

— Je veux que tu m'aides à retrouver un nazi. C'est bien pour cela que l'on te paie, pas vrai ? Il y a un ancien nazi qui est installé à Nashville. Et quand je te dis « nazi », je ne te dis pas un de tes petits copains au crâne rasé qui fait du *bullying*, je te parle d'un vrai, qui s'est illustré pendant la guerre.

Le jeune accusa le coup.

— J'étais pas au courant.

— Ah bon ?

— Non ! se défendit Joe.

— Tu ne sais pas où je peux le trouver ?

— Je vous jure ! Vous pouvez être sûre que si j'avais su quelque chose à ce sujet, je l'aurais dit à Peter. Ça fait cinq ans que j'aide la police !

Emily eut l'air de le croire. Il semblait sincère, et puis Peter lui avait expliqué que, en quittant les mouvements d'extrême droite et suprémacistes, il y avait un peu plus de cinq ans, Joe avait mis en péril sa vie. Jusqu'à aujourd'hui, il avait été un informateur de confiance, n'avait jamais hésité à donner un nom. Son aide avait permis l'arrestation d'une dizaine de personnes dangereuses et la dissolution d'une bande. Il avait tout à perdre à mentir à Emily, à leur cacher la présence d'un authentique nazi rescapé de la Seconde Guerre mondiale. Elle lui demanda de se renseigner auprès de ses contacts, le salua et s'en alla.

Lorsque la policière eut disparu, Joe, encore sous le choc, décrocha son téléphone et appela un ami très bien placé au *Nashville Telegraph*, le journal le plus important de la ville. Il avait un sacré scoop pour lui et souhaitait bien en tirer parti.

ULYSSE

Jacob Stern avait déambulé dans les rues de Nashville comme Leopold Bloom ou Stephen Dedalus à travers la ville de Dublin, l'esprit nourri d'images, le cœur de sensations. Et, heureux qui, comme Ulysse, a fait un beau voyage, il arriva devant le Centre de jeunesse juive, jusqu'où ses pieds l'avaient guidé. En voyant l'édifice, il y eut comme une lueur au fond de son esprit et la mémoire lui revint. Il sut qu'il y venait tous les mercredis et se demanda quel jour on était. Autour de lui, rien n'indiquait la date, mais il pensa qu'après tout il s'agissait là d'une coutume absurde. Pourquoi ne pouvait-il pas y aller tous les jours, ou quand il le voulait ? Qui avait donc établi cette loi stupide du mercredi ? Et en se souvenant de tout cela, il avait oublié qu'il errait depuis des jours dans les rues, qu'il dormait à l'église, plusieurs jours qu'il n'était pas rentré chez lui, qu'il avait même oublié qu'il avait un chez-lui.

Il sourit, heureux de reconnaître un endroit si spécial en son cœur, un endroit qu'il avait fréquenté pendant plus de vingt ans, depuis sa construction. Il y avait formé des dizaines de jeunes, les avait aidés, les avait occupés, leur avait raconté son histoire, les avait pris sous son aile. Oui, après tout, on ne lui en voudrait pas de venir les voir un jour qui ne fût pas mercredi. Le directeur, M. Cohen, serait content qu'il soit là. Il l'avait toujours aimé. « La légende », il l'appelait, lorsqu'il le présentait aux nouveaux jeunes. Aux jeunes et aux moins jeunes, car il y avait de plus en plus de personnes âgées qui participaient aux activités, afin de fuir une solitude qu'ils avaient appris à détester. Être ici, c'était signer pour une seconde vie, se faire de nouveaux amis, avoir enfin des choses à raconter, à écouter, des choses à partager, jouer, rire, enfin des gens pour qui s'habiller, exister. L'excitation assaillit Jacob. Même si on ne l'attendait pas, il y aurait toujours quelque chose à faire. Préparer une bar-mitsva, quelques fêtes, lire un livre à deux ou trois enfants. Il avança sur le petit chemin dessiné dans le gazon, ouvrit la porte en verre, franchit le seuil du sanctuaire.

Il salua la réceptionniste, vit son visage se décomposer et continua son chemin dans le couloir éclairé au néon du centre social, en direction de la salle de vie. Il ne remarqua pas, à son passage, les sourires qui se figeaient, les yeux qui s'ouvraient, les regards lourds de reproches posés sur lui. Il marchait, traînant les pieds, heureux d'être revenu chez lui.

— *Shalom !* lançait-il, *Boker Tov !*

Il arriva bientôt dans la grande salle. Dans un coin, des chaises faisaient face à l'unique téléviseur du centre, éteint ; dans un autre, des tables pour jouer aux cartes ou bavarder. Il fut accueilli par un silence sépulcral. Les conversations cessèrent, les rires s'éteignirent. On n'entendit bientôt plus que les pales du ventilateur battre l'air devenu lourd.

C'est à ce moment-là que le vieux saisit le malaise qui s'était abattu sur les lieux.

— Que se passe-t-il ? Quelqu'un est mort ? demanda-t-il.

Personne n'osa répondre. Au son des pas derrière lui, il se retourna, lentement, sans comprendre ce qui était en train de se passer. Il vit le directeur, M. Cohen, s'approcher dans son costume, toujours tiré à quatre épingles.

— David ! s'exclama Jacob en souriant.

Mais son sourire n'eut pas de réponse. L'homme arborait un sérieux qui en devenait effrayant.

— Tu n'es pas le bienvenu ici.

— Oh, je sais, David, nous ne sommes pas mercredi mais bon, je passais par là et... enfin quand même, ne me dis pas que vous faites tous la tête parce que je suis venu en dehors d'un mercredi !

David Cohen lui tendit le journal qu'il tenait dans la main et dont un grand titre en lettres grasses barrait la une.

UN NAZI SE FAIT PASSER POUR UN JUIF RESCAPÉ DE LA SHOAH PENDANT PLUS DE QUARANTE ANS !

Dessous, une photographie de lui occupant le quart de la page. Une photo dont il ne se souvenait plus où ni qui l'avait prise.

TROISIÈME PARTIE

HANS SCHULTZ

MONSIEUR LE PRÉSIDENT

Janvier 2017

Noah D'Amico avait tenu sa parole et était devenu, peut-être pas à dix ans mais à trente-cinq, le président des États-Unis le plus jeune de l'histoire. Il le savait, s'il était arrivé jusque-là, c'était grâce au vieux, à son vieux. Si les cinquante mille fausses signatures, brûlées par son père dans le four de la pizzeria familiale, ne lui avaient pas permis de se présenter à l'élection de 1992, son obstination lui avait en revanche valu le privilège d'être reçu, à l'âge de dix ans, par le président George H. W. Bush, ce qui avait été l'un des plus beaux jours de sa vie. Son père, qui n'avait jamais vu d'un bon œil la passion de son fils pour la politique et considérait ce goût anormal chez un enfant, allant même jusqu'à le qualifier de « lubie », n'avait pas tari d'éloges sur Noah lorsqu'ils avaient conversé avec Bush. « Tu me rappelles moi à ton âge », lui avait dit ce dernier, et Gino D'Amico de répliquer qu'il mettait tout en œuvre pour que son fils s'épanouisse dans cette voie, et qu'il ne le faisait jamais travailler à la pizzeria.

« Vous êtes un bon père », lui avait annoncé Bush, et Noah s'était mordu la langue pour ne rien dire, certain que les choses se passeraient mal pour lui le soir à la maison s'il osait révéler au Président la vraie nature des opinions de son père. Ils s'étaient fait prendre en photo. La photographie avait fini dans un cadre, accrochée derrière le comptoir du restaurant, bien en vue, mettant en scène un Gino souriant, posant pour la première fois la main sur l'épaule de son fils.

Cet événement avait permis à Noah de mettre un pied dans le monde de la politique, du moins de créer une expectative. On avait écouté ses théories sur l'immigration, sur la société, l'éducation, on en avait appliqué certaines. On l'avait suivi avec intérêt. Au collège puis à l'université. Lorsqu'il se présenta, on sut qu'il gagnerait. Les vingt-cinq ans derrière lui, exposé à la télévision, dans les programmes, considéré comme un jeune brillant, l'évolution physique de son visage, de son corps, que l'on avait quasiment vu changer en temps réel, sa manière de parler, ses discours, avec lesquels on mangeait, on dînait, dans les chaumières, cet ami de la famille avec qui l'on avait vécu toutes ces années, avaient parlé pour lui. Sa candidature avait été appuyée par le président sortant, Barack Obama. Lorsqu'on les voyait, tous les deux, on pensait avoir affaire au père et au fils. La même couleur de peau, la même élégance, le même sourire et la même gentillesse. Ainsi, lorsque Noah s'était présenté, face à un certain Donald Trump, un entrepreneur milliardaire aux allures vulgaires, les Américains avaient préféré laisser sa chance à leur favori. Noah D'Amico avait été élu avec soixante-dix pour cent des votes.

Bien entendu, Noah avait appris ce qui était arrivé à Jacob. La fois où il était entré au Centre de jeunesse juive, après plusieurs jours de disparition, lorsque la police l'avait arrêté. Les images du vieux, menotté, au journal télévisé du soir, l'incompréhension sur son visage, ce regard ahuri. Et ce mot terrible. *Nazi*. Ce nom. Hans Schultz. Accolé à l'image de son vieux.

Quid de Jacob Stern ? Il n'avait jamais existé. Ou si, selon un journaliste, Jacob Stern était mort en Allemagne en 1945, l'un des derniers juifs tués par les nazis avant l'intervention des Alliés. Jacob Stern, dont Hans Schultz avait usurpé l'identité pour son passage vers les États-Unis – l'identité, mais aussi la vie, la religion, les mœurs. Hans Schultz était passé chez un médecin nazi qui l'avait circoncis. Une manœuvre de sauvetage pour les rats qui quittaient le navire. Effacer toute trace de votre passé nazi, devenir juif à tout prix, du moins dans l'apparence. Car l'on portait les juifs en héros et l'on jugeait les Allemands. On lui avait tatoué le numéro de Stern sur le bras. Dans l'avion, il avait appris quelques mots d'hébreu, les rites, à grands coups de pinceau, il aurait le temps de finasser par la suite, d'apprendre à jouer son nouveau rôle. On ne le questionnerait pas, on recevait les juifs à bras ouverts en Amérique. Jamais on n'aurait pu imaginer que les Allemands fuyaient le navire à leur tour, usant de subterfuges pour se faire passer pour les victimes, alors que c'étaient eux les bourreaux. On avait compris ensuite, fermé les portes, les écoutilles. Mais pas mal d'entre eux étaient déjà passés, avaient amorcé une nouvelle vie, dans l'impunité.

Noah avait alors saisi que les croix gammées taguées sur la porte de la maison du vieux avaient en réalité été peintes par des juifs, pour signaler que dans cette maison vivait un nazi. Il comprenait les menaces des deux hommes en noir, sûrement juifs. Il comprenait pourquoi le vieux sursautait chaque fois que sa sonnette résonnait dans la maison, attendant le jour où l'on débarquerait pour l'arrêter, pour le juger, l'envoyer à Israël peut-être. Noah s'était intéressé à ces chasseurs de nazis, ces juifs qui traquaient les anciens membres des SS. Dès la fin de la Seconde Guerre mondiale s'étaient développés des réseaux d'exfiltration nazis qui se consacraient à évacuer des criminels de guerre et leurs familles vers l'Amérique latine. Au fil des années, la persécution s'était apaisée. La plupart des hauts responsables nazis étaient morts ou âgés de plus de quatre-vingt-dix ans. Malades, ou feignant de l'être, ces vieillards, une fois arrêtés, parvenaient à échapper aux extraditions et aux procès. Pour contrer ces injustices administratives, une unité spéciale avait été créée. Sous la houlette d'un jeune juif de vingt-huit ans au charisme aveuglant dont personne ne connaissait l'identité, pour des raisons de sécurité. Une unité spéciale souhaitant un jugement express. Elle les attrapait, et les tuait.

Israël avait demandé la tête de Hans Schultz. Le lobby juif américain, constitué d'avocats et de juges, avait réagi. On ne la leur avait pas donnée. Le Tennessee appliquant la peine de mort, l'État hébreu avait demandé la peine capitale comme lot de consolation. Une négociation de plusieurs années. Face à la pression, les États-Unis s'étaient pliés à cette décision. Hans Schultz avait été condamné à l'injection létale. C'est cette affaire qu'avait trouvée Noah dans ses dossiers d'investiture.

Après vingt-cinq ans de prison, son vieux était sur le point d'être mis à mort. À cent ans. La chose était inédite.

La décision lui appartenait. Et pour la première fois de sa vie, il ne sut que faire.

LES CAHIERS

Cet homme est un monstre.

Cet homme n'est pas l'homme que j'ai connu. L'homme que j'ai cru connaître.

Noah était assis dans le bureau Ovale. Il avait retiré ses chaussures, avait retroussé les manches de sa chemise, avait desserré sa cravate. Il parcourut la pièce, se souvint du jour où ils avaient été reçus, lui et son père, par le président Bush. Voilà, il y était maintenant, il avait atteint son rêve. Un goût doux-amer puisque son père ne l'avait jamais su. Il était décédé deux ans plus tôt. La pizzeria avait fermé. Et c'était toute l'enfance de Noah qui s'était écroulée. Comme si l'affaire de Jacob, après la mort de sa mère, n'avait pas suffi à détruire ses beaux moments de jeunesse.

Cet homme est un monstre qui t'a menti. Le Monte-Cristo juif, mon œil ! Un homme qui a sauvé des nazis, qui leur a permis de fuir en Amérique avec de faux passeports. Il s'est fait passer pour un juif, il t'a raconté des choses qu'il n'a pas vécues. Et toi, du haut de tes dix ans, tout intelligent et cultivé que tu te croyais, eh bien, tu as avalé ses couleuvres ! Le numéro de téléphone d'Hannah tatoué sur sa peau. Les problèmes de douche. Le festin réservé aux nouveaux arrivants, son évasion du camp, tout n'était qu'un conte. Un conte pour enfants.

Noah sortit du tiroir la photocopie du cahier à spirale qu'on lui avait fourni à sa demande. Les scellés du département de police judiciaire, les cahiers qui avaient permis à l'enquêtrice Emily Harris de mettre le doigt sur la vérité, les cahiers dont Noah avait la charge, les cahiers qu'il aurait dû brûler à la mort du vieux. Tu m'étonnes, qu'il voulait que je les brûle…

Il reconnut l'écriture tremblante du vieux. La même que sur la pétition qu'il avait remplie, les cinquante mille noms, adresses, les cinquante mille signatures. Ce n'était pas écrit en anglais et ses yeux sautaient d'un mot à l'autre, d'une phrase à l'autre, d'un paragraphe à l'autre à la recherche d'un élément qu'il connaîtrait ou pourrait reconnaître. Mais il ne reconnaissait rien, car il n'avait jamais appris l'allemand. Un allemand pur et beau qui racontait la plus grande des horreurs. La marge du document était annotée de la traduction en anglais.

Je commence aujourd'hui mes mémoires, pour me rappeler, toujours, qui je suis et ce que j'ai fait. Je ne m'appelle pas Jacob Stern mais Hans Schultz. Je suis né à Berlin, en Allemagne, en 1917.

Au rythme de sa lecture, Noah avait égrainé l'horreur de cet homme qu'il pensait connaître et qu'il ne connaissait pas.

Comme ces nazis que j'avais aidés à passer, je me suis fabriqué une nouvelle identité, à partir d'une vraie. Un jeune de mon âge, Jacob Stern, mort à Auschwitz et dont un responsable me donna le document d'identité, qu'il avait gardé. Je me suis fait circoncire par le médecin et tatoué un numéro de prisonnier. Ironie du sort, voilà que nous nous marquions nous-mêmes. Pendant la guerre, être circoncis était une condamnation à mort, voilà que cela devenait ma garantie de survie en fin de guerre. La roue tourne... Je me suis exilé aux États-Unis, où j'ai commencé une nouvelle vie. Puis j'ai eu honte de ce que j'avais fait dans ma jeunesse et j'ai décidé de me racheter.

Noah comprit pour la générosité du vieux, les dons pour l'association juive.

Je me suis appliqué toute ma vie à effacer ce passé. Je me suis converti au judaïsme et j'ai été un bon juif afin d'essayer de me faire pardonner par Dieu pour ce que j'avais fait. Et puis sont arrivés mes petits soucis de mémoire, cela pourrait être ma salvation. Oublier le monstre que j'avais un jour été.

Cet homme est un monstre et il mérite de mourir, pensa Noah.

Mais il ne put s'empêcher de le revoir, sur le seuil de sa porte, si fragile et gentil, avec sa bouteille d'oxygène, son sourire et ses mots. Le vieux. Son vieux à lui.

LA DÉCISION

— C'est une décision difficile, monsieur le président, et qui vous appartient, dit le conseiller lorsque Noah le fit venir au bureau Ovale.

Était-on en train de juger le même homme ? Était-on en train de condamner le même homme ? Celui qui avait sauvé des nazis à vingt-huit ans et celui qui avait ensuite passé une vie entière à être juif ? Et celui qui, à cent ans, ne se souvenait plus d'avoir aidé des nazis ? Condamner n'était-il pas montrer à une personne que son comportement avait été mauvais et qu'il devait payer pour cela ? Mais lorsque le condamné ne prenait aucune mesure de la punition, était-elle encore nécessaire ?

Noah ne pouvait répondre à aucune de ces questions. Il ignorait quoi faire. Il savait juste que le vieux qu'il avait rencontré, quand il l'avait rencontré, était un homme bon. Devait-il juger l'homme bon de cent ans ou le diable de vingt-huit ans ? Lequel des deux était-il ? Peut-être ni l'un ni l'autre. Il savait seulement qu'il lui avait menti en lui racontant l'histoire du Monte-Cristo juif, qu'il n'avait jamais été un héros, qu'il n'avait jamais été prisonnier dans un camp de concentration ni ne s'en était évadé. Mais pouvait-on condamner quelqu'un à mort pour avoir menti ? Pour ne pas être un héros ?

Dans la vie, rien n'était noir, rien n'était blanc. Tout était gris, comme lui. Métis, le fruit du mariage entre la lumière et l'ombre.

Jacob (Noah avait du mal à l'appeler Hans) n'avait-il pas payé son tribut en se convertissant au judaïsme ? En aidant, pendant toutes ces années, ces jeunes au Centre de jeunesse juive de Nashville ?

Jacob n'était pas un monstre. Il avait donné les moyens à des monstres de s'enfuir. Cela faisait-il une différence ? Pour l'opinion publique, non. Avoir aidé des nazis faisait-il de lui un nazi ? Pour l'opinion publique, oui.

Il jeta un coup d'œil à l'horloge puis au téléphone rouge qui trônait sur son bureau. Le téléphone de grâce. Et moi, se demanda Noah, en aidant un monstre, en deviendrai-je un aussi ? Il fut certain qu'à cette question l'opinion publique répondrait oui.

Un grand oui retentissant.

LE TÉMOIGNAGE DE ROSENBAUM

Une personne avait demandé à être reçue à la Maison-Blanche. Une femme âgée, qui prétendait avoir des informations sur « l'affaire du moment ». On lui avait demandé : « Quelle affaire ? », et elle avait répondu : « Celle de Jacob Stern. » Ces derniers temps, la médiatisation de l'exécution à venir de Hans Schultz, anciennement Jacob Stern, déchaînait les passions, alors que ces vingt-cinq années d'incarcération ne semblaient avoir dérangé personne. En tous sens. Il y avait ceux qui voyaient en lui le diable, en général des associations juives d'anciens déportés, et demandaient à ce que soit appliquée la peine capitale, même si cela ne réussirait pas à effacer la douleur, à effacer l'histoire, à ramener à la vie ces millions de personnes qui avaient souffert et avaient été assassinées par les nazis. De l'autre côté, il y avait ceux qui défendaient le vieil homme, disaient que cette exécution était ridicule, qu'elle ne changerait rien, et que Hans ne se souvenait de toute façon de pas grand-chose. À quoi bon tuer un vieillard de cent ans ? Pour montrer l'exemple ? Quel exemple ? Et puis Hans Schultz n'avait pas besoin d'une injection létale pour mourir, il suffisait d'attendre encore un peu. Il ne tarderait pas à y passer. Cent ans, tout de même !

Maintenant, il y avait elle. Simone Rosenbaum. Une femme entre deux mondes. Une juive qui demandait la libération de Hans Schultz. Pas par compassion, non, disait-elle, mais parce que le vieillard était innocent. La formule était assez originale pour remonter jusqu'au cabinet du Président. Intrigué lui aussi, Noah avait accédé à sa requête.

Simone Rosenbaum était une vieille dame de quatre-vingts ans, au visage angélique et plissé, couleur olive, aux gestes élégants et doux. Elle était entrée dans le bureau Ovale assise dans un fauteuil roulant poussé par une jeune femme de type hispanique. Jamais le sourire n'avait abandonné ses lèvres.

« Le pouvoir suppose une grande responsabilité, avait-elle dit à Noah en guise de présentation. Vous êtes bien jeune et cela doit être terrible que de commencer votre mandat avec cette affaire. Cependant, il ne serait pas juste que vous preniez une décision sans avoir connaissance de tous les éléments. »

ALLEMAGNE, 30 AVRIL 1945

Dans une ferme à trente kilomètres de Berlin

— Il paraît que le Führer est mort.
— Mort ?
— Il se serait suicidé dans son bunker. C'est la fin de la guerre, Hans !

Hans leva les bras au ciel, semblant remercier un dieu Auquel il ne croyait plus depuis longtemps, un dieu que la guerre lui avait appris à détester, même. Si Tu existes, que Tu es tout-puissant, alors pourquoi ne fais-Tu rien ? Pourquoi nous regardes-Tu nous entre-tuer les bras croisés ?

— Cela signifie que tous ces gens n'auront plus besoin de fuir ! s'exclama Hans. Que vous n'avez plus besoin de mes services.

Il jeta un coup d'œil à la presse débordante d'encre qui trônait au milieu du vieux hangar. Un hangar à tracteurs en pleine campagne, un endroit où personne n'aurait pu imaginer que de là étaient sortis plusieurs centaines de faux passeports, de sauf-conduits, de papiers administratifs falsifiés, de certificats d'état civil contrefaits. La vieille presse pourrait reprendre ce pour quoi elle avait été créée : imprimer des livres.

L'homme scruta le jeune apprenti de vingt-huit ans. Puis il lui posa la main sur l'épaule.

— D'autres gens ont besoin de toi, Hans.

Le jeune fronça les sourcils. Il ne comprenait pas qui pouvait à présent avoir besoin de lui.

— Des gens comme toi, comme moi. Des Allemands.

— Des Allemands ? Mais pourquoi ?

— Imagine ce que vont faire les Alliés aux soldats allemands quand ils se rendront ?

— Les faire prisonniers ?

— Ça, c'est un minimum, Hans. Ils vont les tuer, mon garçon. Que faisaient les nazis lorsqu'ils attrapaient un gars de la Résistance ?

— Ils l'exécutaient ?

L'homme hocha la tête.

— Tu crois qu'ils ne vont pas se venger maintenant qu'ils en ont la possibilité ? Et toi ? Que penses-tu que feraient les Américains, s'ils te prenaient ? S'ils découvraient cette ferme ? S'ils découvraient ce que tu as fait pendant ces deux dernières années ?

Le jeune ne répondit pas.

— Ils te tueraient aussi !

— Non ! se défendit Hans. Nous avons sauvé des centaines de juifs ! Des centaines de juifs ont pu quitter l'Europe et aller s'installer aux États-Unis grâce à moi !

— À toi ? répéta l'homme en ricanant. Grâce à moi, tu veux dire, jeune insolent.

— Vous les avez fait payer, et vous avez engrangé de l'argent. Vous vous êtes enrichi avec les juifs.

— Toi aussi, jeune homme.

— Moi ? Un Mark par passeport, alors que vous les faisiez payer cinq cents ! Et puis je n'ai pas fait ça que pour l'argent, j'ai fait ça pour sauver des personnes qui en avaient besoin. Les sauver de Hitler.

— Hitler est mort, à présent, Hans. Et ce sera bientôt notre tour si nous ne faisons rien. J'ai de nombreuses demandes de passeports de la part des plus hauts responsables du Reich, de la Kommandantur SS. Il y a encore de l'argent à gagner. Nous ferons moitié-moitié, qu'en dis-tu ?

Le jeune ne répondit rien. L'homme sut qu'il devait jouer sur la corde sensible de Hans.

— Ces gens sont aussi des êtres humains, et des Allemands, comme toi. Pourrais-tu vivre en sachant que tu as eu l'opportunité de les aider et que tu n'as rien fait ? Qu'ils sont morts par ta faute ?

— Je ferai tout ce que je peux.

— Bien, mon garçon, bien, allez, fais parler ta magie.

L'homme posa sur la table deux passeports allemands. Dans quelques minutes, ces deux SS deviendraient américains de plein droit.

LE CHASSEUR DE NAZIS

Le jeune Hans avait œuvré pour les Allemands avec la même ferveur que pour les centaines de juifs auxquels il avait permis d'émigrer, de fuir l'horreur de la guerre. C'étaient des hommes, comme lui, des Allemands, comme lui. Et on avait réussi à le persuader que les Alliés n'hésiteraient pas à tuer les commandants de la SS une fois capturés. Hans sut que l'homme lui avait menti quand, au sortir de la guerre, il apprit, comme des millions d'Allemands, l'horreur des camps de concentration. Ceux-ci étaient apparus à l'automne 1941 lorsque les Allemands n'avaient pas su quoi faire des millions de juifs tombés sous leur coupe dans les territoires conquis à l'Est. Non, ces hommes et ces femmes qu'il avait aidés à fuir n'étaient pas des hommes, comme lui, mais des monstres.

Bien entendu, il savait que les Allemands tuaient des gens, mais n'était-ce pas chose commune en temps de guerre ? On connaissait la haine de Hitler pour les juifs, on racontait qu'il les envoyait dans des camps afin de les faire travailler, et c'est cela même qui avait poussé Hans à sauver le plus de juifs possible en leur permettant de fuir aux États-Unis. On avait fermé les yeux sur ce qu'il se passait en réalité. L'extermination de masse, dans des chambres à gaz, ces meurtres à la chaîne, ces abattoirs d'êtres humains. On entendait des choses, mais on ne voulait pas y croire.

Le 24 août 1941, Winston Churchill avait pourtant déjà avisé le monde avec son discours à la nation : « Depuis les invasions mongoles au XIIᵉ siècle, on n'a jamais assisté en Europe à des pratiques d'assassinat méthodique et sans pitié à une pareille échelle. Nous sommes en présence d'un crime sans nom [...]. Quand sonnera l'heure de la libération de l'Europe, l'heure sonnera aussi du châtiment. » Mais à ce moment-là, il était encore difficile, voire impossible, pour les Britanniques de différencier le crime de guerre du « génocide » (le mot n'existait pas encore !). Les victimes, massacrées à la mitrailleuse dans des fosses communes, étaient désignées par les Allemands comme des saboteurs juifs, des bolcheviks ou des partisans.

Anne Frank savait également. Dans son célèbre *Journal*, elle avait noté, à la date du vendredi 9 octobre 1942 : « Nous n'ignorons pas que ces pauvres gens [les juifs capturés par les nazis] seront massacrés. La radio anglaise parle de chambres à gaz. Peut-être est-ce encore le meilleur moyen de mourir rapidement. J'en suis malade... »

Et c'est un sentiment doux-amer qui avait assailli Hans en apprenant cela. Doux parce qu'il avait sauvé des centaines de juifs de l'horreur innommable, amer parce qu'il avait aidé leurs bourreaux, des monstres, à s'enfuir, à fuir leurs responsabilités, leur châtiment. Il avait aidé des SS, les avait aidés à partir au soleil, à refaire leur vie, invisibles. Depuis ce jour-là, Hans n'avait eu qu'une seule idée en tête, les retrouver et le leur faire payer.

Sous les instructions de Herman Tott, l'homme pour qui il avait travaillé à la presse, l'homme qui lui avait menti, qui s'était enrichi sur le dos des juifs puis sur celui des monstres, Hans avait pris l'identité d'un jeune homme de son âge, mort dans un camp, s'était fait tatouer, circoncire, avant de partir en bateau aux États-Unis.

Hans était devenu, pour tous, Jacob Stern.

Il possédait, à vingt-huit ans, comme il se doit, une excellente mémoire. Une mémoire des noms, une mémoire photographique des visages, ceux qu'il avait agrafés sur les passeports. Il se souvenait de chacun des SS qu'il avait aidés à fuir. Ils avaient été peu nombreux, moins, en tout cas, que les juifs qu'il avait sauvés, ce qui, pour lui, avait toujours été une piètre consolation. Sept hauts responsables. Otto Bauer, Franz Müller, Siegfried Strauss, Wolfgang Gross, Kurt Meyer, Erich Klein, Fritz Heinz qui, sous ses doigts de fée, étaient devenus Isaiah Abecassis, Jaël Cohen, Elies Levy, Joseph Elbaz, Noam Goldmann, Simon Loeb, David Isaakovitch.

C'est ainsi que Jacob s'était uni aux chasseurs de nazis et, pour contrer les injustices administratives, avait créé une unité spéciale. Il était le jeune juif de vingt-huit ans au charisme aveuglant, dont personne ne connaissait l'identité, celui qui avait inventé cette unité spéciale qui ne souhaitait pas voir les nazis jugés, mais morts. On admirait son travail d'enquête, alors qu'il ne faisait qu'un travail de mémoire. Il était le seul homme qui pût connaître le vrai visage de ces faux juifs. On idolâtrait Jacob, sans que quiconque pût jamais imaginer que c'était grâce à lui que tous ces nazis avaient fui leur jugement.

Ils purent ainsi mettre la main facilement sur six anciens nazis. Le problème surgit avec le septième, un certain Fritz Heinz.

FRITZ HEINZ

Bien que la vie l'ait affublé d'un prénom de pomme de terre et d'un nom de marque de ketchup, Fritz Heinz était loin d'avoir la sympathie d'un menu de chez McDonald's. Un minimum pour un ex-nazi.

Ainsi, lorsque la sonnette résonna dans le salon alors qu'il s'apprêtait à exécuter un plongeon dans sa piscine, il se souvint que le mercredi était le jour de congé de ses domestiques, Hipolito et Rosita, et il lâcha un juron dans son bavarois natal, enfila un peignoir et alla ouvrir lui-même la porte de sa grande *mansion* californienne d'une manière que l'on pourrait qualifier de brutale.

Il se trouva bientôt nez à nez avec deux hommes de son âge, la trentaine, un grand et un petit, vêtus comme des touristes, en short, sandales et bob, un appareil photo collé à la poitrine. Mais il sut immédiatement qu'il n'en était rien. Tout comme la mangouste reconnaît le serpent, car cela est dans son code génétique, l'ex-nazi reconnaît le juif, et le juif l'ex-nazi. Et chacun d'eux, autant l'Allemand que le juif, pense qu'il est la mangouste et que, le serpent, c'est l'autre.

La colère de Fritz Heinz s'était soudain évanouie, laissant place à un sentiment plus proche de la crainte. Incapable de prononcer un seul mot, il haussa les sourcils d'un air interrogatif.

— *Herr* Heinz ? demanda le plus petit.

La question confirma son intuition.

Il essaya de dissimuler sa peur en entendant ce nom qu'il avait presque oublié, qu'il avait, du moins, tout fait pour oublier durant toutes ces années. Le faux passeport qu'il avait appris par cœur, sa nouvelle identité, les heures passées à écouter ces maudites cassettes de *L'espagnol sans peine pour les ex-nazis qui souhaitent finir leur vie tranquille en Amérique du Sud.* Tout cela pour rien.

— Pardon ? dit-il pour gagner du temps.

Mais cette légère hésitation, cette seconde de trop avant de répondre, n'avait pas échappé à ses interlocuteurs.

Le caractère rhétorique de la question ne passa pas inaperçu aux yeux du faux juif.

— *Herr* Heinz ? répéta le plus grand des deux, qui attendait une confirmation.

Mais que lui voulaient-ils, bon Dieu, avec leur dégaine de touristes ? Une goutte de sueur coula le long de son front et vint s'écraser sur son nez.

— Je sors de l'eau, se justifia-t-il.

C'était idiot de sa part, il n'avait même pas les cheveux mouillés. Ses interlocuteurs eurent la décence de ne pas relever l'absurdité de ses paroles.

— *Herr* Heinz, vous dites ? reprit-il avec un accent de plus en plus bavarois, que la nervosité exacerbait. Il doit y avoir une erreur, je m'appelle David Isaakovitch…

Les deux hommes éclatèrent de rire et continuèrent la conversation en allemand.

Enfin, *conversation* est un bien grand mot.

Disons que le petit plaça sa chaussure dans l'encadrement de la porte afin de la bloquer au cas où Fritz, dans un élan de bravoure, tenterait de la refermer, et le grand la poussa d'un coup d'épaule en s'exclamant :

— *Es ist sehr freundlich von Ihnen, dass Sie uns zu sich nach Hause einladen !* (« C'est très gentil de nous inviter à entrer ! »)

Dans la bousculade, Fritz faillit tomber en arrière, mais il se rattrapa au chambranle. Lorsqu'il reprit son équilibre, les deux hommes étaient chez lui et avaient refermé la porte derrière eux.

Tout ce qui arriverait par la suite demeurerait entre eux.

LA FUITE

Le fait est que le pistolet s'était enrayé.

Hans avait, depuis le début, eu une idée de génie en faisant passer les meurtres pour des suicides. Quoique *meurtres* était un bien grand mot. Hans, ni aucun des membres qui constituaient son unité spéciale, n'avait jamais appuyé sur la détente. Le privilège revenait à l'intéressé lui-même. On menaçait un peu les anciens nazis, le juste nécessaire pour leur rappeler les milliers de personnes qu'ils avaient tuées ou fait tuer dans les camps de concentration ; on en rajoutait une petite couche en disant que l'on allait informer leur famille, la presse, tout le monde, et que bientôt leur vie deviendrait insupportable. Il n'en fallait en général pas plus pour que, une fois qu'on leur avait mis le pistolet dans la main, ils appuient sur la gâchette avec empressement. On leur laissait bien évidemment le temps de rédiger une lettre, de dire au revoir à leurs êtres aimés. Il ne restait plus qu'à barrer le nom sur la liste et à passer au suivant.

Avec Fritz Heinz, la chose avait été différente. Le pistolet s'était enrayé. Il avait appuyé sur la détente. Le coup n'était pas parti. Il avait été le premier étonné.

Pendant une seconde, il avait même pensé à une blague. L'arme n'était pas chargée et ces juifs de malheur voulaient juste lui donner une peur bleue. Mais en voyant le regard perplexe du plus grand puis du plus petit, il comprit qu'il venait d'échapper à la mort et poussa un profond soupir de soulagement. Hans avait pris le pistolet, en avait retiré le chargeur et jeté un coup d'œil à la chambre, avait tenté de faire coulisser la culasse. Il avait été dans l'impossibilité de sortir la cartouche. Les deux juifs s'étaient regardés. Que faire ? Le petit avait proposé de le noyer dans sa grande piscine. Mais il n'était pas si évident de noyer quelqu'un. De plus, Hans refusait de prendre part à l'assassinat. Détruire le moral d'un ancien nazi, le faire chanter avant de lui mettre un pistolet chargé dans la main passait, mais lui maintenir la tête sous l'eau jusqu'à ce qu'il meure était un méfait auquel il refusait de participer. La noyade, la pendaison, il passa en revue toutes les manières de tuer un homme ; aucune ne lui convint. Certaines, comme le coup de couteau, ne remplissaient tout simplement pas les prérequis du suicide. Et puis il les trouvait toutes si barbares. Le gaz, peut-être, aurait pu être une solution. Mais il s'interdisait d'utiliser une méthode qui avait permis de tuer tant de juifs.

À contrecœur, les deux hommes s'en allèrent, non sans avoir prévenu Fritz Heinz qu'ils reviendraient un jour, le jour où il s'y attendrait le moins, afin de terminer leur travail. Il était le dernier sur la liste. Le plus jeune. Il avait le temps de mourir. Les deux hommes de l'unité spéciale de chasseurs de nazis n'avaient plus aucune priorité.

Ce fut là leur erreur. Laisser un travail à moitié fait. Laisser un nazi dans la nature. Comme il fallait s'y attendre, Fritz Heinz disparut du jour au lendemain. Ils n'en entendirent plus jamais parler.

Tout le temps où les deux juifs avaient été chez lui, le dérangeant au moment où il allait plonger dans sa piscine, tout le temps où les deux juifs l'avaient menacé de tout révéler de son identité s'il ne mettait pas fin à ses jours, tout le temps où le plus grand lui avait mis le pistolet dans la main, tout le temps où il s'était penché sur l'arme, qui n'avait pas fonctionné, Fritz Heinz n'avait cessé de dévisager son agresseur. Le grand. Il le connaissait. Il avait fait un effort de mémoire. Où l'avait-il vu ? À peine les deux hommes partis, car un grand bruit les avait alertés, les poussant à fuir, il se rappela. Le grand juif n'était pas juif. Il s'agissait du jeune imprimeur qu'il avait rencontré le jour où il avait récupéré son faux passeport américain. Le jeune faussaire qui avait fait passer plusieurs responsables de la SS à la fin de la guerre. Il n'y avait pas de doute.

Il se demanda pourquoi l'Allemand, qui avait sauvé la vie de nazis, avait pris l'identité d'un juif afin de les retrouver et de les tuer. Peut-être pour effacer toute trace de son passé, éliminer les seules personnes qui savaient qu'il n'était pas juif. Car, à n'en pas douter, le jeune avait utilisé la même technique que lui pour rejoindre le nouveau continent, prétendre être juif.

Jacob ne le sut jamais, mais Fritz Heinz retrouva sa trace, donc, tant d'années après. Le vieux Hans Schultz, devenu Jacob Stern, vivait dans un quartier résidentiel de Nashville. Voulant lui rendre la monnaie de sa pièce, Heinz envoya des hommes lui faire peur.

Voyant que cela ne fonctionnait pas, il préféra s'en charger lui-même. Un soir, il traça à la bombe rouge des croix gammées sur la façade afin d'aviser le voisinage que dans cette maison vivait un ancien nazi. Puis il sortit le cocktail Molotov qu'il avait rangé dans son sac, l'alluma et le jeta sur le seuil avant de s'évanouir dans la nuit, fier de sa vengeance.

LE SAUVEUR

— Vous savez tout, monsieur le président, conclut Simone Rosenbaum. J'avais huit ans lorsque mon père, ma mère et moi avons bénéficié d'un faux passeport américain pour nous rendre aux États-Unis. Je n'oublierai jamais ce nom, Hans Schultz. C'était un jeune imprimeur. Son nom circulait dans toute la communauté juive. Il a sauvé ma famille, comme il en a sauvé des centaines. Alors, oui, évidemment, on peut toujours penser aux sept hauts responsables nazis qu'il a aidés à fuir… Mais est-ce juste ? C'est à vous d'en décider.

POURQUOI ?

Noah se demanda pourquoi l'histoire que venait de lui raconter Simone Rosenbaum n'était pas l'histoire qu'avait écrite Hans/Jacob dans ses carnets. Sûrement parce que, à l'heure de prendre la plume, il avait déjà un peu perdu la mémoire. La mémoire de ces centaines de juifs que ses dons de faussaire avaient permis de sauver. Peut-être parce que l'on se souvient toujours plus du mauvais que du bon, plus du mal que l'on nous a fait que du bien. Ainsi est la vie. Ainsi est la mémoire.

Alors non, il n'avait jamais été le Monte-Cristo juif qu'il avait inventé, qui s'était évadé d'un camp, de la chambre à gaz, de l'horreur nazie, mais il avait été un héros. Il avait sauvé des dizaines de familles juives. Et cela était mieux que Monte-Cristo, car, en y réfléchissant bien, le héros de Dumas n'avait jamais aidé que lui-même, n'avait jamais sauvé que lui-même, n'avait jamais vengé que lui-même.

LA CELLULE

Allongé sur la couche humide de sa cellule, Hans Schultz scruta le téléphone rouge qu'un fonctionnaire de prison moustachu avait déposé ce matin même sur la table où il avait pris son dernier repas. D'un ton neutre, il lui avait expliqué que le Président pouvait appeler à tout moment pour lui éviter l'exécution, prévue à 15 h 46.

Injection létale. Ce ne serait qu'une toute petite piqûre, lui qui en avait horreur depuis l'enfance. Dommage qu'il se trouvât dans l'un des trente-sept États américains faisant encore usage de cette méthode barbare. Il s'agissait peut-être d'une sorte de vengeance divine. Car, ironie de la vie, l'injection de doses mortelles de poison par intraveineuse était une invention allemande. C'était le docteur personnel de Hitler, Karl Brandt, qui avait été le premier à suggérer, dans son programme d'euthanasie T-4, d'exécuter des prisonniers de la sorte, notamment dans le camp de concentration d'Auschwitz. Un homme qui avait aidé des nazis exécuté par une invention nazie, la boucle était bouclée.

Hans ne détacha pas son regard du téléphone. Il avait eu tout le temps de se questionner sur la pertinence d'une telle heure. Pourquoi 46 ? Pourquoi pas 45 ? Ou 30 ? 15 h 46. Se devait-on d'être si précis, si administratif, dans la mort ? Comme si une minute de vie en plus ou en moins allait faire toute la différence. Peut-être, finalement, car il suffirait que ce téléphone sonne pour qu'il ait la vie sauve. Et s'il sonnait une minute après qu'il eut quitté sa cellule pour rejoindre la salle d'exécution ? Ce serait une disgrâce. Alors oui, mieux valait 15 h 46 que 15 h 45. On ne savait jamais. La Providence…

Que valait le prix d'une amitié ?

À quoi servait la justice lorsque les faits, aussi odieux soient-ils, s'étaient déroulés plus de soixante-dix ans plus tôt ? Lorsque l'on avait demandé pardon ? Lorsque l'on était trop vieux pour comprendre ce qui arrivait, que l'on avait oublié ? La justice devenait-elle vengeance lorsque le condamné n'était plus en état de savoir pourquoi on le punissait ?

Cette fois-ci, après des années à lutter, Alzheimer avait eu raison de lui, la petite souris qui mangeait le fromage de la mémoire s'était repue de la sienne, n'avait pratiquement rien laissé, que des miettes dans l'assiette. Hans ne se souvenait de rien. Ni de ce qu'il faisait dans cette cellule ni pourquoi on allait le tuer. Il n'avait retenu qu'une seule chose. La procédure que l'on venait de lui expliquer au sujet de l'injection.

Deux cathéters étaient insérés sur chacun des bras du prisonnier. Seule une perfusion servait à la transmission du poison mortel, la seconde était placée préventivement, en cas d'échec de la première injection. La première drogue était censée détendre le détenu et le plonger dans un état d'inconscience, le temps que les deux autres produits fassent effet. La deuxième drogue était destinée à causer une paralysie musculaire qui écrasait le diaphragme. La troisième drogue arrêtait le cœur. Le détenu sentait une brûlure dans tout son circuit veineux et décédait finalement d'un arrêt cardiaque. Bien que la procédure d'exécution pût durer jusqu'à quarante-cinq minutes, le condamné mourait en général en moins de sept minutes.

Hans s'était demandé comment on savait que le détenu sentait une brûlure. Jamais personne n'était revenu de l'au-delà pour en parler. Une brûlure. Petite ? Grande ? Il tenta de l'imaginer. Il la sentit dans son thorax. La douleur l'assaillit et il hurla dans sa cellule.

Alors il y eut, dans cette machine éteinte qu'était devenu son cerveau, une étincelle qui, durant quelques secondes, insuffla un infime courant électrique créateur de vie. Ce fut comme si l'on venait de brancher un projecteur. Le vieux vit devant lui, sur le mur blanc de la cellule, le visage d'un enfant, ni noir ni blanc, une énorme boule de cheveux sur la tête, en costume et cravate. Il vit un sourire, des yeux pétillants, malicieux, d'une grande intelligence. Et il se souvint. Noah, son programme politique, ces après-midi à manger des donuts au chocolat et à parler de la vie. Son petit ami. Hans fut pris d'une joie immense, comme une vague d'eau qui l'aurait soudainement immergé. Le bonheur de se souvenir, de ne plus être qu'un corps mais aussi un esprit, une mémoire, la joie de retrouver la vie après la mort. Il se produisit un court-circuit dans la machine qui lui envoya des images, une multitude d'images, comme des instantanés pris à plusieurs moments de son existence. Il revit Hannah, la sentit dans son cœur, sentit l'amour le brûler, le parfum des roses qu'il lui offrait, le goût des baisers qu'ils se donnaient, la douceur de sa peau, il revit tous ces enfants qu'il avait aimés au Centre de jeunesse juive, ces fêtes, cette musique, le sourire du directeur, David Cohen, qui avait pour lui une immense admiration et ne tarissait jamais d'éloges, mais il se revit aussi à vingt-huit ans, les heures passées sur la presse dans le hangar, à côté des tracteurs, l'odeur de l'encre mêlée à celle du gasoil, ces heures courbé, afin de sauver tous ces juifs. Les faux passeports, l'argent que Herman Tott se faisait sur son dos, mais la joie de pouvoir aider des gens à fuir l'enfer de la guerre, la folie d'un homme qui voulait les anéantir. Alors il fut pris d'un sentiment de bonheur intense. Il se souvenait. Il n'était pas ce monstre dont on avait parlé à la télévision, dans les journaux. Il avait aidé des centaines d'hommes, de femmes, d'enfants à fuir l'Europe pour vivre aux États-Unis. Pourquoi aucun n'avait témoigné en sa faveur ? Pourquoi personne ne s'était-il souvenu de lui ? Pourquoi ne parler que de ces sept officiers allemands qu'il avait aidés à fuir ? Pourquoi sept contre trois cent vingt-huit ? Oui, il se souvenait maintenant, trois cent vingt-huit juifs avaient été sauvés grâce à ses faux papiers. Et même si personne ne le savait, il suffisait qu'il le sache, lui, pour être heureux, pour mourir heureux, mourir tranquille. Après tout, qu'avait-il fait de mal ? Il avait aidé des hommes et des femmes à sauver leur peau. Des bons et des mauvais. Ensuite il avait poursuivi les mauvais et les avait tués, un par un. Il se souvenait de son unité spéciale. De ses jugements express. Des chantages, des pistolets qu'il avait mis dans la main des sept officiers nazis. Tous avaient péri, sauf un. Fritz Heinz. Le nom apparaissait en lettres capitales sur le mur de sa cellule. Fritz Heinz, où es-tu ? Qu'es-tu devenu ? Et plus que d'avoir aidé sept officiers allemands à s'en sortir, c'est de ne pas avoir réussi à tuer l'un d'eux qui le désola. Le dernier officier. Le survivant. Celui qui avait réussi à passer entre les mailles du filet. Qui serait à jamais impuni.

Il ne le savait pas, comment aurait-il pu ? Mais Fritz Heinz était mort d'un cancer du pancréas fulgurant quelques années plus tôt. Ce que Hans n'avait pas réussi à faire, Dieu, dans Sa toute-puissance, l'avait accompli.

Il avait purgé sa peine et, aujourd'hui, il se sentait comme un homme libre. Il repensa à Noah, au plus beau lundi de sa vie, qui était tombé un mardi. Il s'en souvenait maintenant. C'est ce que Noah lui avait dit. Il se souvenait de chaque mot de la conversation. Un miracle de Dieu. « Alors proclamons qu'aujourd'hui c'est le plus beau lundi de ma vie. Ce lundi-là sera toujours à toi, mon garçon. – Jacob, nous sommes mardi, aujourd'hui. – Mardi ? Alors disons que le plus beau lundi de ma vie tomba un mardi ! » Il fut heureux de se rappeler.

— Et aujourd'hui, nous sommes mardi ! dit-il alors.

Il s'en souvenait. Il se souvenait de tout. Il était heureux. Heureux d'être redevenu un être humain qui pense et se souvient.

— Nous sommes mardi ! hurla-t-il. Le plus beau lundi de ma vie tombe un mardi !

Il se leva du lit et commença à marcher de long en large dans sa cellule, levant les bras en l'air et donnant de grands coups de poing de victoire. À le voir, jamais on n'aurait imaginé qu'il pût avoir cent ans. La jeunesse avait repris le contrôle de son corps.

Cependant, l'étincelle fut de courte durée. Quelques minutes plus tard, lorsque le téléphone rouge, posé sur la table sur laquelle il avait l'habitude de prendre ses repas, sonna à 15 h 40 pile, Hans Schultz, grand homme fragile et mince, se demanda qui pouvait bien l'appeler et pourquoi.

Faites de nouvelles rencontres sur pocket.fr

- Toute l'actualité des auteurs : rencontres, dédicaces, conférences...
- Les dernières parutions
- Des 1ers chapitres à télécharger
- Des jeux-concours sur les différentes collections du catalogue pour gagner des livres et des places de cinéma

POCKET

Un livre, une rencontre.

Composition et mise en pages
PCA – 44400 Rezé

Imprimé en Espagne par Liberdúplex
en avril 2023
N° d'impression : 108320

POCKET – 92, avenue de France – 75013 Paris

S33459/01